ROGUE RASCAL - JACK

VERSIONE ITALIANA

KYLIE GILMORE

Traduzione di
MIRELLA BANFI

1

Jack

Dove sono? Sbatto le palpebre un paio di volte mentre metto a fuoco la stanza d'albergo, nella luce brillante di una mattina a Las Vegas. Questa *non* è la mia stanza. Sono assetato e il mal di testa mi sta uccidendo. Dev'essere stato un addio al celibato da sballo ieri sera. Ovvio, l'avevo organizzato io, essendo il testimone. Ho fatto tutte le cose giuste. Io e i ragazzi siamo volati da New York a Las Vegas per il pacchetto completo: gioco, bevute, spogliarello. Bisogna farlo, prima che il mio amico sia incatenato a vita. Poveretto. Mi volto sul fianco e vedo la cosa più allarmante che uno scapolo irriducibile come me possa vedere... Un velo da sposa sul comodino.

Mi appoggio sui gomiti e vedo un abito bianco, con le paillettes, drappeggiato su una sedia. Un abito da sposa? Un momento. Ricordo quel vestito. C'era una festa di addio al nubilato in uno dei club e ho ballato con una donna che indossava quell'abitino bianco e sexy. Da lì in poi i miei ricordi sono confusi. Merda. Ho rubato la sposa di qualcuno? Non era nemmeno il mio tipo... tutta genuina e innocente, arrossiva quando flirtavo con lei. Le cose si mettono male.

Ispeziono la stanza e vedo un paio di scarpe rosse con il tacco alto in un angolo. Nessun segno della sposa. Non c'è una borsa e nemmeno una valigia in vista. I miei vestiti sono sul pavimento. Sbircio sotto le coperte. Okay, indosso ancora i boxer. Forse volevo solo mettermi comodo per dormire ieri sera. Giusto? Non ho veramente fatto sesso con la sposa di qualcun altro. Sarebbe stata una cosa veramente orribile da fare. Posso anche essere quello che spinge tutti gli altri a godersi una notte selvaggia, ma non sono sconsiderato e non rovinerei mai una coppia.

Alzo la mano sinistra. *Gulp*. Una fede d'oro. No, no, no. Che cosa diavolo è successo ieri notte?

Fisso il velo sul comodino e mi accorgo che sotto c'è qualcosa. Forse è un indizio su cos'è successo ieri sera. Alzo il velo e trovo una brochure con l'immagine di una sposa sorridente e, scritto a grandi lettere sopra, "Love Struck Wedding Chapel". Un nastro azzurro la proclama "La migliore di Las Vegas!" In fondo c'è la scritta: pacchetti nuziali convenienti! *Così dozzinale.*

Mi rilasso, sdraiandomi. Indizi piantati appositamente e nessuna sposa in vista? So che cosa sta succedendo. I ragazzi mi stanno giocando la madre di tutti gli scherzi, facendo in modo che sembri che mi sia sposato a Las Vegas. Ah-ah. Per un momento ci sono veramente cascato. Se non avessi questo maledetto mal di testa lo avrei capito immediatamente.

Respiro. Gesù, sono veramente contento di non aver accidentalmente rubato la sposa di qualcun altro mentre ero ubriaco. Okay, ammetto di essermi meritato questo scherzo dopo tutti quelli che ho giocato ai miei amici. È un po' la mia caratteristica. Il mio primo scherzo l'ho fatto il giorno in cui sono nato. Sarei dovuto nascere il primo di aprile, si aspettavano tutti un pesce d'aprile, ma l'avevo tirata in lungo ed ero nato il due. *Te l'ho fatta, mamma!* I miei genitori lo ripetono sempre, chiamandomi canaglia. Pensavano che, visto che ero il terzogenito, il travaglio sarebbe stato facile. No. Io sono quello che causa sempre guai.

Sento lo sciacquone e mi metto seduto di colpo, rimpiangendolo immediatamente quando la stanza comincia a girarmi attorno. C'è qualcuno in bagno. Mi ci vogliono un paio di minuti perché la stanza torni a fuoco. L'acqua sta scorrendo. Come avevo fatto a non notare che la porta del bagno era chiusa? È la sposa? Forse è uno dei ragazzi che sta per uscire, con un grande abito bianco spumeggiante, per farmi uno scherzo. Sarebbe proprio da Sam fare una cosa del genere. È lo sposo, il mio miglior amico, quello che subisce la maggior parte dei miei scherzi. Si fanno scherzi solo a quelli cui si vuole bene.

«Ehi?» gracchio. Ho bisogno d'acqua.

Tiro indietro le coperte e raccolgo i jeans dal pavimento, infilandomeli. Controllo il portafogli: il preservativo di emergenza è ancora lì. E se in bagno ci fosse la sposa? Merda, merda, merda. Potrebbe potenzialmente essere un disastro. Perché non riesco a ricordare la notte scorsa? Non mi ubriaco mai tanto da perdere i sensi. Mi hanno drogato? Non riesco a credere che i miei amici abbiano fatto una cosa simile, anche in nome di uno scherzo colossale. Sam, Rick, Mike e io siamo amici da otto anni oramai, da quando Sam si è trasferito dall'altra parte del corridoio. No, non lo farebbero mai. E può significare una cosa sola: sto per incontrare la mia sposa.

Fisso la porta del bagno, paralizzato. *Pensa!* Ricordo un locale di spogliarelli, di aver bevuto in un club, e poi altri drink. Ci eravamo imbattuti in un addio al nubilato con quella ragazza carina e genuina. Aspettate. L'addio al nubilato era per la fidanzata di Sam. Non avrebbe dovuto vederla prima del matrimonio, per qualche vecchia tradizione, e la cosa non aveva senso, visto che il matrimonio ci sarà solo la settimana prossima. Ci eravamo andati lo stesso perché Sam *doveva* vederla. Ero rimasto impegolato con il resto delle damigelle, a flirtare, bere, ballare. Sam se n'era andato a pomiciare in un angolo con la sua fidanzata. Io stavo ballando con un gruppo di donne, poi era rimasta solo la donna con l'abito bianco con le paillettes. Quel vestito, che aderiva a un corpo incredibile. Ballava dietro di me, strofinandosi contro la mia schiena in modo sexy e all'inizio non sapevo chi fosse. Oh, *cazzo*. No, non ditemi... non è possibile. Non con lei. Sam mi aveva avvertito di non avvicinarmi a lei, la sua sorellina. Non è così piccola, è solo così che la vede Sam. Non *può* essere lei.

Per favore, ditemi che non è lei.

Fisso il vestito bianco con le paillettes drappeggiato sopra la sedia e mi dico che è tutto uno scherzo. Deve averlo organizzato uno dei ragazzi. Ci hanno visto ballare e hanno pensato che sarebbe stato uno spasso. Giusto. Dev'essere così.

Okay, ragazzi, il divertimento è finito.

Vado lentamente verso il bagno, faccio un respiro profondo e busso.

La porta si apre. *No-o-o-o-o!*

Riley Walsh mi guarda con un sorriso quasi timido. Adesso ha ventisei anni, credo. La conosco da quando ne aveva diciotto e avevo mantenuto le distanze per tutti quegli anni, su ordine di suo fratello. I capelli castano scuro lunghi fino alle spalle sembrano una cascata di lucida seta, ha una quantità minima di trucco e indossa una blusa bianca, pantaloni neri e ballerine nere. Perfino a Las Vegas si veste come la macina-numeri che è. La blusa la copre fino al collo, ha le maniche che arrivano sotto il gomito e scende fluida sotto la vita. Diversamente dall'abito di ieri sera, che aderiva a una figura a clessidra che non sapevo esistesse. Nessuna meraviglia che mi fossi confuso, con Riley vestita in quel modo. Ubriaco, dovevo averla seguita in albergo. Questa dev'essere la sua stanza, ma lei è ordinata e non lascia le cose buttate in giro per la stanza come faccio io.

La fisso mentre viene verso di me. *Per favore, ditemi che non è successo niente a letto stanotte. Per favore ditemi che non siamo sposati.* Sembra che non riesca a trovare la voce, la lingua sembra troppo spessa. La mia mente ha bloccato il ricordo del matrimonio perché è il più grosso errore della mia vita e Sam mi ucciderà?

«Niente da dire alla tua sposa?» mi chiede, alzando la mano per mostrarmi la fede d'oro.

Il mio stomaco si contrae orribilmente. Oh Dio. «Sto per vomitare» riesco a dire, sorpassandola di corsa. Sbatto la porta del bagno dietro di me e vomito l'anima. Almeno sono riuscito ad arrivare al WC.

Sentendomi leggermente meglio, aziono lo sciacquone e poi mi butto un po' d'acqua fredda sulla faccia. Mi guardo allo specchio. *Che cosa hai fatto?* I miei capelli scuri sono spettinati, sembra che abbia tirato ripetutamente la parte superiore un po' più lunga che di solito domo con il gel, o che l'abbia fatto lei. Chiudo gli occhi. *Per favore, ditemi che non ho fatto sesso non protetto con l'unica donna che proprio non avrei dovuto toccare.* E se fosse incinta? Sudo freddo, la stanza comincia a girare. Mi butto ancora un po' d'acqua fredda sulla faccia. Sto perdendo il controllo. *Calmati. Parla con lei e scopri com'è la situazione.*

Prendo un asciugamano e mi tampono la faccia. Poi prendo il bicchiere pulito dal ripiano del bagno, tolgo il coperchio di carta e lo riempio d'acqua. Lo svuoto, poi ne bevo un secondo e un terzo. Mi sciacquo la bocca, sputo e poi vedo una piccola confezione di collutorio. Sembra che lo abbia già usato lei, ma ce n'è ancora a sufficienza. Ne uso un po' anch'io.

Mi passo le mani sulla barba corta e mi preparo al peggio. Ho lo stomaco sottosopra. Se avessi ancora qualcosa dentro, probabilmente starei correndo di nuovo verso il WC, ma sono vuoto. E sto di nuovo andando fuori di testa.

Apro in fretta la porta ed entro nella stanza. Riley ha rifatto il letto, perfettamente, con gli angoli squadrati tipo ospedale, ovviamente, ed è seduta sul bordo del materasso, con le gambe correttamente incrociate. È una commercialista, sempre in tailleur e lavora sodo in una società in città. Aveva avuto un boyfriend, un tipo nerd, per un bel po' di tempo. Pensavo che oramai si fossero sposati. Io sono un lavoratore edile nella ditta di costruzioni di famiglia. Perché avrebbe *voluto* sposare me? Non abbiamo niente in comune, eccetto Sam. Suo fratello e io siamo andati istantaneamente d'accordo. Lui lavora in un'azienda tecnologica, ma non è un geek. È un tipo terra terra ed è come un fratello per me. Che cosa ho fatto? Non mi perdonerà mai.

«Salve», mi dice. «Ti senti meglio adesso?»

«No.» Mi avvicino e mi metto davanti a lei. «Quindi siamo sposati.»

Lei stringe le labbra. «Così pare.»

La fisso per un lungo momento. Il preservativo d'emergenza non usato nel mio portafoglio mi lampeggia nella mente. Non riesco a credere di aver dimenticato sia il matrimonio *sia* di avere fatto sesso con lei. Devo saperlo. «Abbiamo, uhm, fatto sesso?»

Lei mi rivolge un sorriso mesto. «Sei svenuto appena ho tirato indietro le coperte.»

Mi siedo lentamente sul materasso accanto a lei. «Bene. È un bene.» Accenno un sorriso. «Il mio preservativo d'emergenza è ancora nel portafogli.»

Un angolo della sua bocca si alza. «Abbiamo comprato una scatola di preservativi, in vista della luna di miele.» Prende la borsa dal ripiano in basso del comodino e la apre per mostrarmela. Prendo la scatola di preservativi, è ancora sigillata. Immagino di essere svenuto dopo aver avuto la lungimiranza di prepararmi per la luna di miele. È l'unica nota positiva in questa situazione da incubo e mi ci aggrappo nel tentativo di non scappare urlando dalla stanza.

Appoggio i gomiti sulle ginocchia e unisco le mani. «Non ho le idee chiare su ieri sera.»

«Non ricordi quando abbiamo giocato a "Io non ho mai" con i bicchierini di tequila? Abbiamo fatto un mucchio di cose, Jack.»

Mi prendo tra le mani la testa che pulsa. Probabilmente lei ha bevuto un solo bicchierino. È un tipo integerrimo, tailleur e fogli di calcolo. Mi cade lo sguardo sulle sue caviglie sexy. Perché sto notando le sue caviglie? Che cosa diavolo sta succedendo?

Alzo la testa. «Sam mi aveva detto che eri off-limits. Non sono tipo da relazioni serie, sai?»

«Sì, già. Aveva detto la stessa cosa anche a me.»

La mia testa pulsa a tempo con il mio peggior peccato: *codice dei fratelli, codice dei fratelli, codice dei fratelli*. Ho infranto il codice e lui non mi perdonerà mai. Com'è successo? Poi mi rendo conto che lei ha infranto il codice delle sorelle. Sam aveva detto anche a lei di starmi lontana.

«Perché ci siamo sposati?» le chiedo.

«Stavamo scherzando riguardo allo sposarsi a Las Vegas. Avevamo entrambi bevuto troppo. Io avevo cominciato molto prima che arrivassi tu.» Aggrotta le sopracciglia. «Non so come siamo passati dallo scherzare ad andare a comprare gli anelli e il velo, e poi a cercare la cappella nuziale più dozzinale che potevamo trovare.»

Ho il lampo di un flashback. «Ricordo che ci siamo sfidati a vicenda a farlo.»

Lei ride. «Sì! E io ho insistito che dovevo avere un anello al dito e un velo.»

«Giusto» dico lentamente. Mi tornano in mente pezzi e immagini della sera prima. Riley che sorrideva e rideva, io che volevo che continuasse a farlo. Ci stavamo divertendo tantissimo. Però... sposati?

Alzo una mano, fissando la mia lucente fede d'oro. Mi appare nella mente l'insegna al neon rossa della cappella nuziale. La *O* di Love Struck era un cuore attraversato da una freccia. Decisamente la cappella più dozzinale e sdolcinata che potessimo trovare. Reprimo un gemito. La guardo. «Ma tu mi sei sempre sembrata un tipo così ragionevole.»

Lei stringe le labbra. «La verità è che desideravo da tempo uscire da quel bozzolo. Sai, divertirmi un po' di più, correre qualche rischio. La mia vita è tutta lavoro, niente divertimento, ed è così da tanto tempo. Mi sono fatta il mazzo al college, poi all'università e anche ora, mentre cerco di fare carriera nella società in cui lavoro. Per non parlare di tutto lo studio necessario per passare l'esame da commercialista.» Sospira. «Las Vegas sembrava il momento perfetto per una diversa versione di me. Il tipo di persona che si lascia andare e cerca di divertirsi. Come te.»

Gemito.

Lei alza le mani. «Immagino che nel nostro stato di totale ebbrezza abbiamo pensato che un matrimonio sarebbe stata una bella esperienza da fare a Las Vegas.»

«Dici che ci siamo sposati solo per divertimento?» La mia voce cresce di volume verso la fine della frase e la fitta di mal di testa mi fa fare una smorfia. Il matrimonio è una cosa seria.

«Pensiamo al dopo-sbronza. Aspetta.» Prende il telefono e chiama il servizio in camera per ordinare caffè, frutta e il cestino colazione. Qualunque cosa sia. Poi mi prende un bicchiere d'acqua e dell'Ibuprofene dalla borsa.

«Grazie» borbotto prima di ingoiare le pillole.

Riley appoggia il bicchiere sul comodino. «Ora, dov'è la tua maglietta?» Comincia a cercarla in giro per la stanza.

«Riley, dobbiamo invertire questa cosa del matrimonio. E subito.»

«Ah-ah!» Solleva trionfante la mia t-shirt nera da dove l'ha trovata nell'angolo e me la getta. «Possiamo ottenere un annullamento, nessun problema. Sarà come se non fosse mai successo. Fintanto che non è consumato...» sorride timidamente, «e non lo è stato. Ragazzaccio, svenire dopo tutte le cose indecenti che mi hai detto che avresti fatto.»

Lascio uscire il fiato, talmente sollevato che sono quasi stordito. Sì, un annullamento è perfetto. La mia famiglia mi ucciderebbe se pensassero di essersi persi il mio matrimonio. A me sembra di essermi perso *io* il mio matrimonio. *Okay, respira*. Sparirà tutto in fretta. Mi metto la maglietta. «Sei sicura riguardo a questa cosa dell'annullamento?»

Lei si siede nuovamente accanto a me, guardandomi con i suoi franchi occhi castani. «Sì, una mia amica ha ottenuto un annullamento e il fatto che il matrimonio non era stato consumato è stato un motivo valido per dissolvere il matrimonio. Almeno a New York. Tutto liscio. Non preoccuparti.»

Beh, viviamo entrambi a New York. Io a Brooklyn, lei a Manhattan. Sono contento che sappia questa roba. Beh, è Riley. Così razionale, pratica. Io mi sveglio sposato e vomito l'anima. Lei ha già pensato al passo successivo.

«Quanto ho bevuto ieri sera?» le chiedo.

«Penso sei bicchierini di tequila, ma non sono sicura perché stavo ridendo così forte e non stavo prestando attenzione.» Mi dà un colpetto sul braccio. «Sei così spiritoso.»

«Vorrei ricordare qualcosa di più della notte scorsa.»

«Hai dormito come un sasso. Avevi menzionato di aver dormito poco a causa del cane del vicino del piano di sopra. Quello e l'alcol ti hanno veramente steso. È un cucciolo?»

«Non lo so» borbotto distrattamente mentre la mia mente

cerca altri particolari della notte scorsa. «È una piccola cosa bianca.»

Bam! Bam! Bam! Qualcuno sta picchiando sulla porta della stanza di Riley. Entrambi restiamo immobili.

Lei mi sussurra all'orecchio: «Potrebbe essere Sam.»

Mi suda la fronte. «Che cosa ci fa qui?»

«Merda» mormora Riley, fissando la porta.

«Riley» dico sottovoce e prima di poter chiedere che cosa ha portato Sam alla sua porta, vengo interrotto da un altro bussare più furioso.

Lei fa una smorfia prima di sussurrare freneticamente: «Quando Alison ha lasciato presto la festa dell'addio al nubilato con Sam, mi ha chiesto di mandarle un messaggio per assicurarle che ero arrivata sana e salva nella mia stanza. Cosa che ho fatto. Sfortunatamente, nel mio stato di ebbrezza, le ho dato un po' troppe informazioni». Alison è la fidanzata di Sam.

«Che cos'hai detto, esattamente?»

Bam! Bam! «Riley, apri!»

È decisamente Sam.

Cerco le scarpe, coperto di sudore freddo. Devo riprendere in fretta il controllo. Devo far apparire la situazione innocente, com'è effettivamente. Individuo le mie sneakers sotto la scrivania, con i calzini infilati dentro. *Mi ha spogliato lei?* Io non infilo mai i calzini nelle scarpe. *Concentrati! Sam sta per ucciderti!*

Prendo i calzini e le scarpe e mi pettino i capelli con le dita. «Okay, che cosa gli diciamo?»

«La verità.» Riley si mordicchia il labbro. «È talmente protettivo. Sai, da fratello maggiore...» Poi sbuffa. «Non voglio che si comporti come uno scimmione con te. Comincerò col dire che va tutto bene. Che non è successo niente.» Viene da me e mi mette la mano sulla guancia. «Sei troppo carino per farti rompere il naso.»

Il suo tocco è sorprendentemente piacevole e non riesco a credere di averlo notato nel bel mezzo del peggior disastro della mia vita. «Forse merito di farmi rompere il naso.»

«Riley, apri la porta!» tuona Sam.

Lei corre ad aprirla, solo a metà. «Salve, Sam! Sto bene. Va tutto bene.»

Lui la spinge via ed entra nella stanza, affrontandomi. È snello, più basso di me ma non sottovaluto ciò che la rabbia può far fare a un uomo. I suoi capelli castano scuro sono nitidamente divisi di lato, gli occhi marroni sgranati e un po' feroci. «Che cosa diavolo sta succedendo qui?»

Riley si intromette, parlando in fretta. «Ci stavamo divertendo tutti al club ieri sera, ricordi?»

Sam parla a denti stretti. «Alison ha detto che Jack ti ha riportato sana e salva al *tuo* letto ieri sera.» Stringe gli occhi guardando lei e poi me. «Ed è ancora qui.»

In quel momento mi rendo conto che non crederà mai che non sia successo niente qui la notte scorsa. Conosce la mia reputazione, ed è esattamente il motivo per cui mi aveva detto di restare lontano dalla sua sorellina. Sono un mattacchione, quello da una botta e via, il tizio con cui sei amico, ma che non fai avvicinare a tua sorella.

Vado da Riley e le prendo la mano, stringendogliela, prima di mentire spudoratamente. «Abbiamo una relazione da più di un mese.» Sam è stato troppo occupato con l'organizzazione del suo matrimonio per sapere qualcosa della mia vita amorosa.

Sam mi fissa inespressivo per un momento, poi si rivolge alla sorella. Io do un'occhiata a Riley, che mi fissa a sua volta. Le rivolgo un sorriso fiducioso che dice: *adesso sei la mia ragazza e, per favore, assecondami.* È l'unico modo per salvare la mia amicizia con lui. Non si infrange il codice dei fratelli.

Sam aggrotta la fronte, confuso. «Ma non ne hai mai parlato.»

«Non ti ho visto molto» dico con calma. Lui aveva praticamente scaricato gli amici maschi appena si era fidanzato. Era diventato uno zerbino.

Silenzio di tomba. Sam mi fissa e io sostengo il suo sguardo col sudore che gocciola lungo la spina dorsale. Detesto mentire.

«E non volevamo che ti agitassi» aggiunge Riley, interrompendo il nostro faccia a faccia. «Cioè, so che sei protettivo nei miei confronti e Jack di solito non è tipo da relazioni, ed è il motivo per cui mi avevi detto di stargli alla larga. Ma il tempo passato insieme, beh, devo dire che è stato veramente bello.»

Sam mi fissa storto, dilatando le narici. Merda. Non la sta bevendo. Probabilmente perché non ho mai avuto una relazione seria finora. O forse la sta bevendo, ma non gli piace. In un modo o nell'altro sta per scoppiare.

«Sam...» comincio a dire.

Lui mi viene vicino, muso a muso. «Ascolta attentamente perché lo dirò una volta sola. Spezzale il cuore e ti cambierò i connotati.»

Alzo il mento. «Capito.»

Si volta a guardare Riley, apre la bocca e la richiude. Poi si volta e va velocemente verso la porta.

«Ci vediamo stasera a cena» gli dice Riley, con la voce che sale alla fine della frase, come per fare una domanda. Vuole sapere se saremo ancora i benvenuti alla cena con il resto dei testimoni e damigelle, se può accettarci come coppia.

Sam si ferma con la mano sulla maniglia, le spalle rigide che quasi gli arrivano alle orecchie. «Sì» borbotta prima di uscire dalla porta.

Io fisso la porta chiusa per un lungo momento. Sarebbe potuto andare peggio. Giusto? Ci vogliono ancora a cena stasera.

Riley continua a mordicchiarsi il labbro. «Perché gli hai detto che avevamo una relazione seria?»

«Non avrebbe creduto alla verità» dico semplicemente.

Il suo sguardo cerca il mio volto. «Adesso dovremo fingere di avere una relazione per un periodo decente, altrimenti Sam penserà che fosse l'avventura di una notte. Sei sicuro di volerlo fare?»

Già. Questo è il prezzo che si paga per una folle stupida notte a Las Vegas. Maledizione, ho pescato la paglia più corta. Fingere di avere una relazione senza fare sesso, sposato senza fare sesso. Perché fa parte dell'accordo. Niente consumazione uguale annullamento. Non voglio avere un divorzio alle spalle. Voglio che sia come se non fosse mai successo. Non voglio che la notizia arrivi alla mia famiglia. I miei genitori considerano il matrimonio una cosa seria. Mio padre aveva rinunciato a un regno per la donna che amava. Già. Abbiamo sangue reale. Non che si veda. Io sono più un colletto blu che di sangue blu. Comunque non posso essere il casinista della famiglia, non posso ferirli in questo modo. Poi mi rendo conto di un altro modo in cui un divorzio potrebbe danneggiare la mia famiglia. Sono co-proprietario, insieme ai miei cinque fratelli, di una società di costruzioni e di sviluppo immobiliare. Un divorzio potrebbe significare perdere metà delle mie quote nella ditta, che passerebbero a Riley. E il novantanove percento dei matrimoni fatti in fretta e furia a Las Vegas, non finiscono normalmente in un divorzio? Non conosco le probabilità, ma sono sicuro che non siano buone. L'unico modo è l'annullamento. Dopo aver finto di avere una relazione abbastanza a lungo da soddisfare Sam. Dio, che casino!

«Jack?»

«Sì, va tutto bene. Lo farò.»

Lei aggrotta le sopracciglia, concentrata, poi la sua espressione diventa più tranquilla. «Dobbiamo solo fingere fino al matrimonio, sabato. Poi saranno in luna di miele ad Aruba e ignoreranno beatamente tutti. A quel punto otterremmo un annullamento, senza che nessuno sappia niente. Una settimana non è così lunga per fingere di avere una relazione. Per quando tornerà dalla sua luna di miele, diremo di avere rotto e tutto tornerà normale. Lui non si arrabbierà con te. Per allora, avremmo avuto una relazione per due mesi, un periodo abbastanza lungo perché due persone capiscano se sono compatibili.»

Annuisco e la mia testa protesta per il movimento. Adesso ho problemi più grossi del dopo-sbronza. Ho una moglie che non posso toccare e il mio miglior amico che mi controllerà a vista. Che cosa mai potrebbe andare storto?

Riley mi rivolge un sorrisino. «Te la sei cavata piuttosto bene, in effetti. Non volevo sconvolgere Sam prima del suo matrimonio. Sai che lui e Alison sono già stressati per tutti i preparativi.»

Lo so. È un intero anno che lo preparano. Ridicolo, ma è così che funziona. Se Riley e io dovessimo annullare tutto immediatamente, Sam si arrabbierebbe con me per aver passato la notte in una stanza d'albergo con lei e per avergli fatto credere che fosse una vera relazione. L'ultima cosa che voglio è che sia turbato prima del suo grande giorno.

Mi rivolgo a Riley, esalando forte. «Okay, una settimana, per Sam.» Non è che ci vedremo molto. Solo la cena stasera con il resto delle damigelle e testimoni e poi l'avrei rivista al matrimonio di Sam. Ovviamente non sarebbe stato facile. Ci sarebbero stati la cena di prova, la cerimonia e il ricevimento, tutti da superare senza scivoloni.

Riley sorride, con gli occhi scuri che scintillano di buonumore. «Potrebbe essere divertente.»

«Sì, divertente» borbotto. Non voglio ferire i suoi sentimenti, ma non so quanto potrà essere *divertente* avere una relazione senza sesso.

E non è forse la rivincita finale per un playboy come me?

2

____

Riley

Indosso il mio classico abitino nero per la cena in un bel ristorante nel Venetian Hotel, dove risiedono i testimoni e lo sposo. Noi donne avevamo prenotato le stanze al Bellagio, poco avanti. Il fatto (ridicolmente sdolcinato e romantico) è che Alison non voleva essere lontana da Sam, ma voleva comunque lasciargli un po' di spazio per godersi la sua festa di addio al celibato. Sono attaccati come gemelli siamesi, quindi abbiamo finito per avere entrambe le feste alla stessa ora e nello stesso posto. Sono felice per lui, anche se non ho mai provato niente di nemmeno simile a quello per nessuno dei miei boyfriend. Nemmeno durante la relazione durata due anni con Charlie.

Sono in anticipo e sto aspettando fuori dal ristorante, per scambiare in fretta due parole con Jack prima di entrare. Gli avevo mandato un messaggio per organizzarci (ieri sera aveva inserito il suo numero tra i miei contatti). Dobbiamo fingere una certa familiarità tra noi due per poter far sembrare che questa sia una vera relazione. La verità? Ho una cotta per Jack da quando ci siamo conosciuti. Mi ero appena diplomata alle superiori. Lui aveva ventidue anni e sembrava un modello della Levi's, un po' rozzo, con una semplice maglietta bianca e jeans sbiaditi. Capelli scuri spettinati, occhi azzurri penetranti cui non sfuggiva niente e un sorriso pronto, perfino per me, la sorellina del suo amico. Quando Sam ci aveva presentato, Jack aveva stretto educatamente la mia mano e aveva detto che era un piacere conoscermi, con la sua voce calda. Io ero arrossita dalla testa ai piedi.

Più tardi avevo tempestato Sam di domande su Jack. Mi aveva detto che lavorava nella ditta di costruzioni della sua famiglia. Poi aveva aggiunto di *non pensarci nemmeno* a mettermi con Jack perché non era mai serio riguardo a niente, specialmente le donne. Era un tipo simpatico con cui passare il tempo, aveva detto Sam, ma non era la persona giusta per me. E, d'accordo, io sono più il tipo serio. Sono sempre stata molto motivata e concentrata e non mi è rimasto molto spazio per il divertimento. Sapevo di voler diventare una commercialista quando sono andata al college e sapevo esattamente che cosa avrebbe comportato arrivarci. Mia madre è una commercialista, e l'avevo seguita abbastanza da sapere che era una professione adatta a me. Mi piace l'ordine e la simmetria dei numeri che quadrano. È soddisfacente. Quindi ho lasciato perdere Jack (non che lui fosse mai stato interessato a me). Avevo frequentato la Columbia University dove avevo incontrato altri tipi seri, macina-numeri come me; alcuni erano diventati boyfriend compatibili.

Cosa strana, la compatibilità. Diventa noiosa. Avevo avuto una relazione seria con Charlie per due anni all'università, sempre alla Columbia, che era finita quando lui aveva ricevuto un'offerta di lavoro a Chicago. Io avevo già un lavoro sicuro a New York. La cosa non mi aveva turbato più di tanto, come invece avrebbe dovuto. Avrei dovuto essere talmente pazza di lui da sentire qualcosa di profondo. Era stata un'illuminazione. Ora sto cercando qualcuno di diverso dal mio solito tipo. Qualcuno al di fuori della mia cerchia di contabili solidi e prevedibili. Qualcuno che mi faccia provare un po' di eccitazione. Sono single da un paio d'anni oramai e ho capito che cosa funziona (e che cosa non funziona) per me. Ed ecco Jack. Ieri sera avevamo legato. È spontaneo e spiritoso e adesso è ciò che mi attira ancora di più. È una cosa insolita per me, ma voglio godermela.

Comunque, non mi faccio illusioni su di lui. Ieri sera le cose ci sono sfuggite di mano. Alla fredda e sobria luce del giorno, so che Jack non è tipo da matrimonio. Non è tipo da relazione seria e sono stata testimone del panico che ha provato questa mattina pensando di essere sposato. Poveretto, sembrava fosse stato colpito sulla testa con un'incudine, stile cartone animato, tutto stordito e confuso. Potevo quasi vedere gli uccellini e le stelle che gli giravano intorno alla testa. Mi aveva persino detto chiaramente di non essere tipo da relazioni serie. Ho intenzione di godermi la mia settimana con lui, sapendo che è una cosa temporanea. È così spiritoso, e ho finalmente la possibilità di passare del tempo con lui con la benedizione di Sam. O quasi.

Farò in modo che resti tutto lieve e casuale. È il modo più intelligente di proteggere il mio cuore. Inoltre, si tratta solo di una settimana.

Oh! Eccolo! Il mio polso accelera quando Jack si avvicina, con un'aria molto più sicura di sé di questa mattina. Indossa la sua solita t-shirt, jeans sbiaditi e le sneakers. Ha il torace e le spalle più muscolosi di quando ci eravamo conosciuti, risultato di anni di duro lavoro fisico. Ho visto tutta la sua muscolosa bellezza per la prima volta ieri notte quando si è spogliato nella mia stanza d'albergo. Se solo fosse rimasto cosciente...

Si ferma davanti a me, educatamente a una certa distanza, e si ficca le mani nelle tasche. «Ehi.»

«Ehi.» Immagino che sarà più facile legare, se uso il suo linguaggio.

«Mi sembra di non essere vestito in modo adeguato.»

«Non c'è un dress code. E stai bene con tutto.»

Lui ispeziona il ristorante alle mie spalle. «Non sono ancora arrivati. Bene.» Mi guarda negli occhi e non l'ho mai visto così serio. «Allora di che cosa volevi parlare? Far coincidere le nostre storie?» Ha un favoloso accento di Brooklyn. Io vengo dal New Jersey e parlo in modo normale.

Mi avvicino. «Dobbiamo sembrare a nostro agio quando siamo insieme, quindi pensavo che dovessimo parlarne prima. Che cos'è accettabile. Come, per esempio, tenersi per mano e, occasionalmente, qualche tocco affettuoso.» Gli stringo il bicipite e incontro muscoli duri. Oh, come mi piacerebbe averli sentiti la notte scorsa, assaporare il suo calore, assaggiarlo. *Stop! È solo una cosa temporanea.* Ho fatto la cosa giusta ieri notte, quando l'ho messo a letto. Speravo che la mattina avrebbe portato l'occasione per un po' di esplorazione. Invece avevo ottenuto una gallina decapitata, che correva alla cieca intorno alla stanza. *Sospiro.* Mi arrischio a guardarlo dopo avergli stretto il bicipite. Ha le mascelle strette. «Okay?»

«Sì, certo. Puoi toccare.»

Gli sorrido. «Puoi toccarmi anche tu.»

Lui abbassa la testa, con la voce profonda che mi romba nell'orecchio. «E l'annullamento? Niente sesso.»

Arrossisco. «Non ho parlato di sesso. Solo quello che fanno le normali coppie in pubblico.» Poi mi viene in mente che lui è divertente e spontaneo, e che questo probabilmente significa che fa sesso in pubblico. «È quello che fai?»

«Faccio cosa?»

«Fare sesso in pubblico?»

Lui si guarda attorno prima di tornare da me. «Diciamo solo che *noi* non lo faremo.»

Stringo le labbra, cercando di nascondere la delusione. So che vuole l'annullamento del matrimonio-mai-avvenuto, ma ora che so che ha fatto sesso in pubblico, ma non vuole farlo con me, mi sembra di essermi persa qualcosa. Potrebbe essere eccitante. Forse, semplicemente, non mi trova attraente. Mi hanno detto che do l'idea della ragazza acqua e sapone. Probabilmente il motivo per cui avevo un mucchio di lavoro come baby-sitter alle superiori e non molti appuntamenti. So di non essere una bellezza mozzafiato come quelle a cui probabilmente è abituato.

Decido di essere sfacciata e mettermi in gioco. È quello che può fare la libido a una donna, specialmente se ha solo una settimana per sperimentare un po' del divertimento spontaneo per cui Jack è famoso. «Potremmo divorziare» dico. «Allora la questione del sesso non importerebbe.»

«Niente da fare. Non ho intenzione di divorziare e quindi non faremo sesso.»

Ingoio il groppo che mi si forma in gola, ferita. Immagino di essere attraente solo in una nebbia alcolica. Poi mi viene in mente una cosa e mi fa sentire un po' meglio. «Vuoi l'annullamento perché sei cattolico?» Perché diavolo ho menzionato la possibilità dell'annullamento con la mancata consumazione come causa? *Stupida, ragionevole Riley.* Jack viene da una famiglia cattolica irlandese. La mia è cattolica irlandese-italiana. So abbastanza di lui, tramite Sam, ma non le cose divertenti, indecenti. Ho solo scalfito la superficie ieri notte.

Lui mi fissa. «Sei cattolica anche tu.»

«Non praticante.»

«Nemmeno io.»

In me nasce una piccola scintilla di speranza. «Allora?»

«Voglio comunque l'annullamento.» Si guarda intorno, probabilmente cercando mio fratello. «Qual è la nostra storia?»

«Che ne dici che ci siamo incontrati in un bar in città e mi hai chiesto il numero di telefono?»

«Normalmente non vado nei bar in città. Ce ne sono in abbondanza a Brooklyn. Andrei in un club, piuttosto.»

«No, di solito io non vado nei club. E se dicessimo che sono andata a Williamsburg per bere qualcosa con un'amica e ci siamo incontrati per caso?» Jack e Sam vivono nel quartiere di Williamsburg di Brooklyn.

«Da Tazi. È il posto dove vado di solito.»

«Perfetto, è un bel posto. Ci sono già stata.»

«Immagino che abbia più senso dire che, dopo, sono venuto io in città per vederti durante lo scorso mese, invece di dire che venivi tu a Brooklyn. Sam ti avrebbe notato se fossi venuta nel mio appartamento, dato che vive dall'altra parte del corridoio. E anche Rick.» È il coinquilino di Sam.

«Giusto. La faccenda è che ho due coinquiline, quindi non sarebbe stato così facile farti venire da me.»

Lui inclina la testa. «Stavamo andando piano, più che altro

uscivamo insieme, innocenti baci della buonanotte o roba simile. Dimostrerebbe che con te faccio sul serio. Normalmente io incontro qualcuno, qualche drink e poi, sai... ci divertiamo.»

Lo sapevo. È il motivo per cui Sam mi aveva detto di girargli alla larga e quello per cui ho intenzione di prendere le cose alla leggera. Gli do una gomitata. «Quindi ieri notte nella mia stanza d'albergo è stata la nostra prima volta?»

Lui si guarda intorno, con il rossore che gli sale lentamente dal collo. «Immagino di sì. Non che dobbiamo condividere quella parte.»

Nascondo un sorriso. «Sto solo cercando di mettere insieme una storia in modo che abbia senso. Allora potremmo dire che siamo usciti a cena in città, qualche film e...» mi fermo un attimo, pensando a qualcosa di romantico da fare in città, «...e una passeggiata in una carrozza a cavalli intorno a Central Park.»

«Esagerato. Nessuno crederebbe che io abbia fatto una cosa del genere.»

«Ma è romantica.»

«E io non lo sono.»

«Beh, devi fingere di esserlo, per il mio bene.»

Jack sospira, strofinandosi la nuca. «Possiamo per favore cercare di mantenere le cose nell'ambito del possibile?»

Storco la bocca. «Che cosa faresti con qualcuna con cui facessi sul serio?»

«Non lo so. Non ho mai fatto sul serio con nessuno!»

«Allora dovremmo adottare la mia versione.»

Lui fissa il soffitto. «Va bene. Come vuoi.»

Gli stringo nuovamente il braccio. «Vedi, cominci già a capire come funzionano le relazioni.»

«Permettere che la donna l'abbia vinta?»

«Esatto!»

Jack mi guarda stringendo gli occhi. «Non so se le cose funzionano veramente così.»

Io cerco di non sorridere. «Ho il privilegio di addestrarti nel modo giusto. Poi, se mai deciderai di sistemarti, nel prossimo decennio o giù di lì, una donna me ne sarà grata.»

Jack sbotta in una risata, con gli occhi azzurri che scintillano di buon umore. Finalmente si sta rilassando con me intorno. Gli sorrido. I nostri occhi si incontrano per un momento intenso prima che Jack distolga lo sguardo e ispezioni la zona, probabilmente controllando se qualcuno che conosciamo stia venendo verso di noi.

«Non sono ancora arrivati» dice. «Dai, parlami in fretta di ieri sera. Non ho ancora le idee chiare sui particolari. Comincia con noi che ballavamo al club. È da lì che i miei ricordi diventano nebulosi.»

«Beh, stavamo ballando tutti insieme. Il gruppo dell'addio al nubilato e quello dell'addio al celibato si sono uniti spontaneamente. Anche se, che resti tra te e me, Alison ci ha fatti andare in quel club perché sapeva che ci sarebbe stato Sam. Tu stavi flirtando con tutte, perfino con Alison, poi Sam e Alison si sono ritirati in un angolo a pomiciare. Abbiamo continuato a ballare finché Teresa, la damigella d'onore, si è resa conto che Sam e Alison si erano appartati, quindi ha buttato fuori il gruppo dell'addio al celibato. Però non ha funzionato, perché Sam e Alison a quel punto hanno deciso di andarsene anche loro. Tu hai detto agli altri che li avresti raggiunti dopo, perché ti stavi divertendo. Appena gli uomini se ne sono andati, ho fatto la mia mossa.»

Lui deglutisce, con il pomo d'Adamo che va su e giù freneticamente. «Ti ho sentita dietro di me. Se avessi saputo che eri tu mi sarei spostato.»

Incrocio le braccia sul petto. «Che carino.»

Lui mi allarga le braccia, lasciandole poi cadere ai lati. «Senza offesa. Era in vigore il "Codice dei fratelli".»

Sorrido. «Comunque ti piaceva ballare con me. L'abbiamo fatto per taaanto tempo. Poi mi hai invitato a bere un drink al bar e io ho deciso di giocare a *Io non ho mai*, per conoscerci meglio. Stavamo solo scherzando sul fatto di sposarci a Las Vegas prima che cominciassero a scorrere i bicchierini di tequila.»

Lui geme. «Eravamo solo noi al bar? Che cos'è successo al resto del gruppo?»

«A quel punto erano rimaste solo due damigelle. Hanno

dichiarato che la festa era moscia e sono andare a giocare alle slot.»

«Le slot hanno le probabilità peggiori di vincere.»

«Grazie! Gliel'ho detto, ma non hanno voluto ascoltarmi. Allora, tu hai bevuto molto più di me perché hai fatto molte più esperienze di me nella tua vita e poi mi hai raccontato alcune storie divertenti sugli scherzi che hai fatto a Sam e ai ragazzi, ai tuoi fratelli, a tuo zio, perfino a tua madre. Vergognati! Rubare il suo cucchiaio di portata a una festa di vicinato e causare una faida lunga decenni tra tua madre e la vicina.»

Jack si mette a ridere. «Lo scherzo è sfuggito di mano. Avevo solo cinque anni, te l'avevo detto? Ho nascosto il cucchiaio in una scatola su uno scaffale nel seminterrato dei vicini. È stato così soddisfacente guardare il dramma che si consumava. Non avrei mai pensato che sarebbe durato anni e anni e non c'era modo che potessi confessare, non dopo tutto quel tempo.»

Gli misi una mano sul braccio, lavorando sulla familiarità. «Bambino cattivo. Mi hai anche raccontato di feste selvagge e dato troppe informazioni sui capezzoli delle donne.»

Lui si passa la mano sul volto. «Ahi!»

«E ti ha portato a incuriosirti sui miei. Ho detto che una brava ragazza cattolica deve avere prima un anello al dito, ammiccando, sai, dato che prima avevamo scherzato sul fatto di sposarsi a Las Vegas. Ci ha portato a sfidarci reciprocamente a farlo e, beh, la tequila ha vinto sul buonsenso.»

Lui abbassa gli occhi sul mio seno e poi riporta di scatto gli occhi sui miei. «Non li ricordo.»

«È quello che succede quando svieni prima dello svelamento.»

Il suo sorriso è lento e sexy, i suoi occhi più azzurri dell'azzurro scintillano. «È troppo tardi?»

Sento un piccolo brivido. Forse mi trova attraente. Oppure è così che flirta con tutte le donne? *È mio per una settimana. Di' qualcosa di civettuolo anche tu!*

«Ehi, ragazzi, come siete carini.»

Jack si volta di colpo. Io saluto Sam e Alison mentre si

avvicinano con le dita intrecciate. Alison indossa un bell'abitino rosa svasato, mio fratello ha la sua solita camicia a maniche corte e pantaloni diritti. Sam dirige una squadra di sviluppatori web per grandi marchi in una società tecnologica. È intelligente e lavoratore. È sempre stato la mia ispirazione.

Prendo la mano di Jack. Lui mi guarda e sembra sentirsi terribilmente in colpa, nonostante il fatto che non sia successo assolutamente niente tra di noi. Non so se riuscirà a sostenere la sciarada.

Dato che Sam e Alison sono ancora fuori della portata d'orecchi, faccio un ultimo tentativo di istruire Jack sulle cose fondamentali che mi riguardano. Tengo la voce bassa. «Mi occupo di contabilità aziendale alla MB&L e vivo in un appartamento in centro vicino all'ufficio.»

«Lo so.»

Resto a bocca aperta, sorpresa. «Davvero?»

«Sam non fa che vantarsi di te.»

E Jack lo ricordava. È possibile che fosse interessato a me in tutti questi anni e che si sia tenuto alla larga a causa di Sam? Proprio come io avevo mantenuto le distanze perché Sam mi aveva messo in guardia. Posso osare sperare che ieri sera fosse più di un flirtare da ubriaco? *Stop. Sii ragionevole. C'è un motivo per cui Sam ti ha messo in guardia. Jack non è tipo da relazioni serie.*

Alison strilla e abbraccia me e poi Jack. «Congratulazione, voi due! Non avevamo idea che vi steste frequentando. Vi metterò vicini al ricevimento nuziale.»

Sam fissa Jack, con un avvertimento negli occhi. Il palmo della mano di Jack è sudato e freddo contro il mio. Non so se si tratta del codice dei fratelli o il fatto di fingere di avere una relazione, ma Jack sta chiaramente andando fuori di testa. Come diavolo faremo a superare la cena?

«Scommetto che non vedete l'ora di sposarvi» le dico, sorridendole. È il suo argomento preferito.

Alison scuote la testa. «Non vedo l'ora che tutto sia finito. Che stress!» Si rivolge a Sam. «Avremmo dovuto scappare e sposarci a Las Vegas.»

Jack fa un verso soffocato, allarmato che copre in fretta con un colpetto di tosse. *Ehi, il nostro matrimonio è un segreto. Smettila di tradirti!*

Mio fratello non si accorge minimamente dei segni rivelatori di Jack. Come sempre, è concentrato su Alison. Dà una tiratina ai suoi capelli biondi. «Non ti sarebbe mai piaciuto. Lo stiamo facendo per bene, con tutta quella roba tradizionale.»

Lei gli sorride con affetto. «Poverino tu. Non sapevi nemmeno che esistessero le tradizioni, prima che arrivassi io.»

«Io sono felice se sei felice tu.»

Si strofinano i nasi.

Jack mi rivolge un'occhiata disgustata e io cerco di non ridere. Sono certa che lui veda tutte le loro smancerie più di me. Alison è una chef e ha il suo ristorante, Lola, nel quartiere di Williamsburg di Brooklyn, dove vivono tutti.

Arrivano le altre due damigelle, amiche di Alison dai tempi della scuola di cucina, e le donne si raccolgono in un gruppetto a parlare. Io resto lì, imbarazzata, per un momento, continuando a tenere la mano di Jack mentre Sam gli rivolge occhiate di fuoco. Jack lascia andare la mia mano, probabilmente a causa di Sam e io mi sposto per unirmi alla conversazione delle donne.

Qualche minuto dopo arrivano gli amici di Sam ed entriamo tutti per andare al tavolo che abbiamo prenotato. Una volta seduti, ci portano immediatamente l'acqua. Jack prende il menu, fingendo di leggerlo con attenzione. Ovviamente sta solo cercando di avere un po' di tregua dalle costanti occhiatacce che Sam gli rivolge dall'altra parte del tavolo.

Io sono seduta accanto a Jack. Sam e Alison direttamente di fronte a noi. I ragazzi, Rick e Mike, sono sull'altro lato di Jack. Teresa e Julie dall'altro lato di Alison. Avevo previsto che andare a Las Vegas per il fine settimana per me sarebbe stato imbarazzante, dato che mi avevano incluso solo perché sono la sorella dello sposo, non perché sia amica di Alison. È solo la seconda volta che incontro le altre damigelle. Sono gentili, ma a loro tre piace parlare dei vecchi tempi e ovviamente si scambiano battute che non capisco. Comunque, è imbarazzante stare seduta lì, stasera, specialmente perché sto improvvisamente fingendo di avere una relazione con Jack, che sta faticando a mantenere il controllo.

Sam ci guarda, in attesa. «Allora, come avete fatto a mettervi insieme?»

Jack lascia cadere il menu e mi guarda.

Alison ci punta addosso un dito, scherzosa. «Sembravano molto intimi sulla pista da ballo ieri sera.»

«Davvero?» chiede Sam. «Non l'avevo notato. Era così affollata.»

E tu stavi facendo un'ispezione alle tonsille di Alison. Lo tengo per me.

«Ballato tanto» borbotta Jack, trangugiando l'acqua.

Continuo io. «Ci siamo incontrati per caso al Tazi...»

«Tu non vai mai al Tazi» m'interrompe Sam.

Io sbuffo. «Tu non sai dove vado io. Stavo incontrando alcuni amici.»

«Chi?» chiede Sam, sospettoso.

Cerco di tenere composta la voce. Sam sa che lavoro tantissimo e non ho tempo per socializzare. Di solito, esco con un paio di donne dell'ufficio appena dopo il lavoro o, ogni tanto, vado a un qualche noioso appuntamento. «Non li conosci. Ho incontrato alcune persone che conoscevo tramite un ex cliente.» Devo fare attenzione a non rendere la storia troppo complicata.

«Tu con chi eri?» chiede Sam a Jack.

«Mio fratello» ribatte Jack.

«Quale?» insiste Sam.

«È importante?» chiede Jack in tono belligerante, mettendosi sulla difensiva. «Perché non dici quello che pensi veramente del fatto che sto con Riley, eh? Pensi che non sia alla sua altezza.»

«Sono sicura che non sia vero» dico io in fretta.

Intorno al tavolo piomba un silenzio imbarazzato, mentre Sam e Jack si squadrano. Alison dà una gomitata a Sam. Lui mi guarda e io gli rivolgo un'occhiata implorante. *Per favore non arrabbiarti con Jack.*

«Aspettate un attimo» dice Rick, chinandosi in avanti per dare un'occhiata a me e Jack. «Voi due state insieme? Come mai non lo sapevo?» Rick è il coinquilino di Sam. Avrebbe decisamente notato se mi fossi fatta viva a casa di Jack.

«Abbiamo tenuto un basso profilo» dico. «E Jack e io ci siamo più che altro visti in città.»

Mike aggiunge. «Relazione segreta.»

Rick annuisce saggiamente. È un insegnante di storia alle superiori, sta già diventando calvo anche se non ha ancora trent'anni e porta i capelli lisciati all'indietro per coprire la scarsità in cima. «Stavo per dire che non l'ho mai vista a casa di Jack. Da quanto tempo va avanti?»

«Un po' più di un mese» dico e mi precipito a coprire lo sguardo sorpreso di Rick. Probabilmente ha visto altre donne uscire da casa di Jack in questo periodo, visto che vive proprio di fronte. «Gli ho dato il mio numero e ci siamo incontrati in città per qualche appuntamento. Siamo andati in qualche ristorante carino, abbiamo visto qualche film e abbiamo fatto una passeggiata in una carrozza a cavalli intorno a Central Park.»

I ragazzi ridacchiano, perfino mio fratello.

Mi volto verso Jack con quello che spero sia un sorriso tenero. La sua espressione tesa si rilassa un po' e mi sorride anche lui. Solo un piccolo sorriso, ma ci sta provando.

«È stato romantico» dico. «Jack è stato molto carino con me.»

Mi volto a guardare Sam, sfidandolo a dire il contrario. Lui smette di sorridere e si schiarisce la voce.

Interviene Alison, con un allegro: «Sono così felice per voi».

«Grazie» dico e cambio in fretta argomento. «Qualcuno ha vinto alla grande al casinò?»

Per fortuna cominciano tutti a parlare, distogliendo l'attenzione da noi. Poco dopo la cameriera arriva a prendere gli ordini. Nel silenzio che segue, Sam mi chiede: «Mamma e papà sanno di Jack?».

Jack s'irrigidisce. Penso che si sia appena reso conto della stessa cosa di cui mi sono resa conto io. I miei genitori ci vedranno comportarci come una coppia durante i festeggiamenti nel fine settimana. Dovrò presentare loro Jack. Ci saranno domande.»

«Uh» dico. Risposta brillante e tutt'altro che sospetta.

Arriva il cameriere portando da bere e mi dà un momento per riprendere il controllo. La conversazione dall'altra parte del tavolo riprende. Sam però è ancora concentrato sulla sua domanda e mi sta fissando. «Lo sanno Ry? Lo sapevano tutti eccetto io?»

«Non lo sapeva nessuno» dico. «Ti ho detto che volevamo tenere un basso profilo. Lo presenterò a mamma e papà alla cena di prova.»

«Ho raccontato loro che tipo è e degli scherzi che fa» dice Sam.

«Già, è quello che sono» dice Jack a denti stretti.

Gli sorrido gli stringo il braccio. «Non essere nervoso, tesoro. Sono sicura che i miei genitori ti adoreranno.»

Sam inarca maliziosamente le sopracciglia. «Preparati a rispondere a domande tipo dove pensi che sarai fra cinque anni, è la domanda preferita di mio padre.»

Jack prende il mio bicchiere d'acqua e lo svuota. Ha già bevuto il suo. Ha la fronte sudata. Merda. Sta per andare fuori di testa, proprio come stamattina. Chissà che cosa dirà adesso? Potrebbe spiattellare che siamo sposati.

Alzo una mano. «Ti facilito la risposta, Jack. La risposta alla domanda preferita da papà è "rendere felice sua figlia".»

«In bocca al lupo» dice Sam ghignando.

«Scusatemi» dice Jack, alzandosi di colpo. Lo guardo andare verso i bagni. Spero che non vomiti di nuovo.

«Torno subito» dico, seguendolo.

«Non sono adorabili?» chiede Alison a mio fratello mentre mi allontano. Lui brontola qualcosa che non riesco a capire.

Mi dirigo verso il fondo del ristorante, lungo un corridoio e aspetto che Jack esca dal bagno degli uomini. Riappare qualche minuto dopo.

«Ehi, stai bene?»

Lui mi tira da parte, sussurrando con urgenza. «Non riesco a farlo. Non posso mentire a Sam, ai tuoi genitori, a tutti.»

«È solo per una settimana. Ricorda perché lo stiamo facendo: perché Sam non sia sconvolto perché abbiamo fatto sesso ieri notte.» Lui fa un verso, una mezza risata e gli metto la mano sul braccio. «Vuole che tu faccia sul serio nei miei confronti, sai, anche se in questo momento si sta comportando come uno scimmione iperprotettivo.»

«Non ne sono così sicuro. E i tuoi genitori? Non ho mai incontrato i genitori di una donna. Non sono pronto per le loro domande.»

«Rilassati. I miei genitori sono tipi riservati. Sanno che sei amico di Sam da anni, quindi sono sicuro che gli piaci già.»

«Non gli piacerò più quando sapranno che ci frequentavamo a loro insaputa. E se dovessero scoprire che siamo sposati?» Si passa la mano tra i capelli. «Non riesco a credere di avere la parte difficile senza nemmeno un po' della parte divertente.»

«Non scopriranno il matrimonio e, quanto al fatto che stiamo insieme, è giusto che lo scoprano solo adesso. Non si aspettano di sapere tutto della mia vita appena succede.»

Lui mi fissa, ancora incerto. Ha bisogno di tornare dove si sente a suo agio, la parte divertente, quindi faccio l'unica cosa che mi viene in mente. Gli metto le braccia intorno al collo. «Così andrebbe meglio?» Premo dolcemente le labbra sulle sue e sento una scintilla al contatto.

Lui mi fissa per un lungo momento. «Sì, un po'.»

Passa il tempo di un battito di cuore, nel silenzio teso, mentre ci fissiamo negli occhi.

Jack mi mette la mano sulla nuca e mi bacia, una lieve pressione della bocca sulla mia. E poi un'altra. Le scintille si diffondono su tutta la pelle. Si stacca e lo afferro per la maglia, per continuare. Lo assaggio e lui prende di colpo il comando del bacio, sorprendendomi con un bacio urgente, primitivo e famelico. La mano infilata tra i miei capelli, il braccio intorno alla mia vita. Sento un desiderio che non ho mai provato prima d'ora, che mi lascia le ginocchia molli.

Jack si stacca di colpo e cammina avanti e indietro nel corridoio, prima di fermarsi. «Dammi un minuto. Torna tu per prima.»

Sorrido perché so esattamente perché gli serve un minuto. «La parte divertente a quanto pare funziona.»

Lui alza il mento. «Sbruffona. Non fingere che non funzioni anche per te.»

Gli mando un bacio. «Te l'avevo detto che ti sarebbe piaciuto.»

Jack scuote la testa, con un sorriso sulle labbra. Mi sento trionfante. Mi sta lasciando avvicinare. Ora potrò avere un assaggio della vita divertente di Jack.

3

Jack

Sono passati cinque giorni da quando mi sono svegliato sposato a Las Vegas. E adesso sono qui, accanto alla mia (segreta) mogliettina, in giacca a cravatta in un country club nel New Jersey, e mi sento più fuori posto di quanto mi sia mai sentito in vita mia. Stiamo aspettando che Sam e Alison arrivino per la cena di prova. Credetemi, so che cosa significa sentirsi fuori posto. Sono andato al matrimonio regale di mio cugino, al palazzo di Villroy, dopo *anni* in cui le nostre famiglie erano state estraniate. E intendo dire che mio padre era stato esiliato e si riferivano a noi come "gentaglia". Adesso la situazione è dieci volte peggiore. La differenza chiave qui, è "mia moglie". Non riesco nemmeno a immaginare come possa aver pensato che un matrimonio a Las Vegas fosse una buona idea. Il massimo a cui posso arrivare è che stessi pensando con il mio uccello, oltre alla tequila.

Riley mi prende la mano e la stringe. Lascio che mi tocchi. Io non la tocco, eccetto quell'unico bacio, che, da parte mia, è stato un enorme errore di valutazione. C'è troppa attrazione fisica tra di noi e non posso permettermi di lasciarmi tentare. Ho chiara in mente la regola niente-sesso-significa-annullamento. Non la vedevo da quando eravamo partiti da Las Vegas. Stare lontano è la mia unica alternativa.

«Rilassati, non hai niente da temere dai miei genitori. Non farebbero mai una scenata, specialmente qui.»

La guardo. Indossa un abito blu scuro che le arriva alle ginocchia, con le maniche corte. È sexy e modesto allo stesso tempo. Non è nemmeno scollato. Dev'essere il modo in cui aderisce alle sue curve. Seno pieno, vita sottile, la curva dei fianchi. Se non l'avessi vista con quell'abito bianco sexy con le paillettes a Las Vegas non avrei mai immaginato che avesse curve simili nascoste sotto i suoi tailleur. Adesso è tutto quello che riesco a vedere.

Riley mi mette una mano sulla spalla per tenersi in equilibrio e si mette in punta di piedi e io devo trattenermi per non darle una spinta verso l'alto. È poco più di un metro e sessanta, contro il mio metro e ottantacinque. E ha un profumo così buono, come vaniglia e spezie. «Solo un altro giorno. Non è stato così difficile, vero?»

«No» ammetto. Anche se non è stato esattamente *facile* accettare la faccenda del matrimonio, il tempo passato con lei non è stato per niente difficile. Avevamo cenato a Las Vegas, con i testimoni e le damigelle e poi eravamo andati al casinò, ed era stato veramente uno spasso. Riley è una maga al black-jack. Poi la mattina seguente abbiamo preso tutti il volo verso casa e il lavoro. Semplice, facile. Non eravamo mai stati da soli, quindi non c'era stata nessuna possibilità di tentazione.

Solo che avevo pensato a lei più di quanto mi sarebbe piaciuto tra Las Vegas e adesso. È un po' un mistero. Un tipo serio, da ufficio, con un lato sexy e scherzoso. È come se volesse veramente lasciarsi andare, ma non sapesse come fare. È l'unico motivo cui riesco a pensare del perché voglia stare con me. Sono famoso perché sono un mattacchione, tutto divertimento, sempre.

E quel bacio, che non smetto di rivivere. Era cominciato quasi dolcemente, una cosa delicata. Volevo essere cauto con lei. E poi la sua lingua aveva toccato timidamente la mia e avevo perso il controllo. Io non perdo *mai*, il controllo. Può cominciare come una cosa spontanea, ma io sono sempre sotto controllo. C'è qualcosa di pericoloso in una donna che mi fa perdere il controllo. Cioè, guardate che cosa è già successo! L'ho sposata quando non avevo intenzione di sposarmi ancora per molto tempo. È quello che fanno gli altri, le femminucce. Come Sam. Non io. Io sono più forte.

Solo che sono qui. L'istinto mi dice di tirarmi fuori finché posso. Devo solo aspettare abbastanza a lungo per non rovinare l'amicizia con Sam. Quando tutta questa roba del matrimonio sarà finita, Riley e io potremo tranquillamente ottenere l'annullamento. Dice che quando Sam tornerà dalla luna di miele, gli dirà che abbiamo preso insieme la decisione di rompere. È brava a tirar fuori roba che sembra seria come questa. Penso che se lo dicessi io, Sam penserebbe che gli stia facendo uno scherzo. Sono normalmente gli unici momenti in cui sembro serio, mentendo spudoratamente in nome di un bello scherzo. Poi, ovviamente, rivelo lo scherzo dicendo la verità, con un mucchio di risate (più che altro da parte mia). Sono veramente una canaglia.

«Eccoli» dice Riley.

Mi irrigidisco. Applaudono tutti quando Sam e Alison fanno la loro entrata. Qualche minuto dopo, il personale ci accompagna ai nostri posti intorno a un lungo tavolo rettangolare. Sono solo i testimoni, le damigelle e i genitori degli sposi. Ci sono i segnaposto e io sono accanto a Riley. I suoi genitori sono di fianco a lei dall'altra parte. La signora Walsh ha gli zigomi alti e un'espressione che dice che non tollera stupidaggini. Ha i capelli castano scuro raccolti in uno chignon. Tutto di lei dice che è perfettina e rigida. Immagino che Riley abbia preso da lei. Il signor Walsh ha le guance rotonde come Sam e i capelli castano scuro, tagliati corti, e sono striati di grigio. Sembra dignitoso e, francamente, come se venisse da una famiglia ricca. Gente da country club. Do uno strattone alla cravatta, che sembra mi stia soffocando. Non è la mia gente.

Sua madre mi dà un'occhiata e sento il sudore che gocciola lungo la spina dorsale. Devo riuscire a dare l'impressione di essere un boyfriend serio con intenzioni onorevoli. Spero solo che i suoi genitori non facciano troppe domande.

Dopo una breve conversazione con Sam, seduto dall'altro loro lato, si voltano verso di me. «Jack, è così bello conoscerti finalmente» dice la signora Walsh. «Sam parla sempre di te. Dice che sei famoso per i tuoi scherzi. So che siete buoni amici da parecchio tempo oramai.»

«Sì, è un piacere conoscerti» dice il signor Walsh, alzandosi e chinandosi verso di me per tendermi la mano.

Mi alzo e gliela stringo, poi stringo anche la mano della signora Walsh. Mi risiedo, ancora nervoso, aspettando che Riley sganci la bomba.

Riley sorride a me e poi ai suoi genitori. Non riesco a sorriderle perché so che è questo il momento in cui tutto andrà a rotoli. «Jack e io ci stiamo frequentando da un po' più di un mese e sono contenta che abbiate potuto conoscerlo.»

La signora Walsh china la testa di lato. «Oh.»

«Okay, allora» dice il signor Walsh, dandomi un'altra occhiata un po' più attenta.

Le parole mi escono dalla bocca prima che possa fermarmi. «Rispetto Riley. So che è una donna molto intelligente e affermata. Sam non fa che vantarsi di lei e l'ho sempre ammirata, perché ha lavorato sodo per ottenere la sua laurea magistrale e poi il suo lavoro da contabile, mentre studiava per l'esame da commercialista. L'ha passato brillantemente, ed è impressionante.» È tutto vero. Per me, Riley è brillante ma anche inavvicinabile. Tipo una supereroina contabile. Metteteci anche il codice dei fratelli e non c'era modo che potessi pensarci. Ma adesso ho vanificato tutto, grazie a una notte di tequila a Las Vegas.

Il signore e la signora Walsh mi fissano, sbalorditi. Non credo che mi abbiano ancora accettato come potenziale serio boyfriend.

Continuo, senza riprendere fiato. «E le mie prospettive future sono buone. Lavoro per l'impresa della mia famiglia da anni, ma adesso ci stiamo allargando allo sviluppo immobiliare. Abbiamo un'iniziativa per restituire alla comunità mentre costruiamo i quartieri, incorporando parchi e campi gioco in ogni progetto. Quello su cui stiamo lavorando adesso ha un campo giochi accessibile alle sedie a rotelle ed è divertente per tutti i bambini. Tra cinque anni, sarò capo progetto e mi occuperò di una proprietà dall'acquisto fino al suo completamento.» Non che qualcuno me l'abbia chiesto.

Mi riappoggio al sedile, senza fiato, chiedendomi da dove diavolo è venuto tutto il discorso. Dylan, il maggiore dei miei fratelli, è l'AD della società e ci ha detto di ricavarci ciascuno una nicchia nel nuovo settore di sviluppo immobiliare. Finora non avevo capito che cosa avrei voluto fare. Conosco tutti i tipi di lavoro che servono per completare un progetto, avendoli fatti tutti io stesso. Conosco molto bene il personale. È il mio lavoro. Uh.

Il signore e la signora Walsh si scambiano un'occhiata. Un po' in ritardo, mi volto a guardare Riley. Ha gli occhi castani sgranati. Sembra che abbia sorpreso tutti con i miei programmi futuri, compreso me stesso.

La signora Walsh si riprende per prima, dicendo, in tono formale: «Grazie per averlo condiviso».

Maledizione, ho fallito il test della mamma. Non ritiene che sia all'altezza di sua figlia. Stiamo solo fingendo di avere una relazione seria, ma non posso evitare di sentirmi amareggiato. È la prima volta che tento di propormi come boyfriend e non è stato abbastanza. Ma poi il signor Walsh mi sorprende. «Immagino che sarai presente alla cena di compleanno di Riley» dice. «Parleremo di più allora.»

«Certo» dico immediatamente, talmente sollevato di aver superato il test con lui. Avevo pensato che le mie prospettive future suonassero rispettabili. Adesso dovevo solo capire come realizzarle.

Riley fa un sorriso un po' tirato. «Bene. Non vedo l'ora.»

Poi capisco perché è nervosa. Ho appena esteso la nostra falsa relazione oltre la settimana concordata. Non so che cosa significhi per l'annullamento, ma significa più tempo con lei e questo lascia solo più spazio alla tentazione. C'è innegabilmente dell'attrazione tra di noi. Quand'è il suo compleanno, poi? Per quanto ne so, ho appena firmato per un altro *mese* insieme. Devo districarmi appena possibile. Ma non adesso. Quando avrò un momento in privato con Riley, le spiegherò che non ci saranno contatti tra di noi fino alla cena cui ho accettato di partecipare. È colpa mia se mi hanno invitato. Sono apparso come un uomo che si vorrebbe conoscere meglio. Non so se sono diffidenti o curiosi nei miei confronti. In un modo o nell'altro, non posso lasciarla ad affrontare i suoi genitori da sola il giorno del suo compleanno, visto che mi staranno aspettando.

Il resto della cena prosegue senza intoppi. Il signore e la signora Walsh ci ignorano, concentrandosi su Sam e Alison. Per me va bene. Riley è silenziosa. La colgo a fissarmi qualche volta, ma distoglie lo sguardo appena si accorge che la guardo. Forse non le va che abbia esteso la nostra relazione, perché lascia troppo tempo agli scivoloni. Riesco solo a immaginare come la penserebbero i suoi genitori di un matrimonio lampo a Las Vegas. In effetti, sono piuttosto sicuro che esploderebbero. Guardate questo posto. Vorrebbero un fidanzamento lungo in modo da poter avere tutto il tempo di organizzarsi e invitare i loro amici del country club per l'occasione formale. Questo, cioè, se mi accettassero nella loro famiglia. Improbabile. Non parlerò nemmeno alla mia famiglia del matrimonio a Las Vegas. Non lo confiderò nemmeno al più riservato dei miei fratelli, Connor. Il rischio che la notizia finisca accidentalmente ad arrivare ai miei genitori è troppo grande. Las Vegas è stata un'anomalia. Diventano tutti un po' folli lì, no? Finirà... non so quando, ma finirà, deve finire presto.

Dopo la cena, Riley mi prende per mano e mi tira nell'atrio deserto del club. Sembra naturale e piuttosto piacevole tenersi per mano. Forse vuole ringraziarmi per essermela cavata così bene con i suoi genitori. Non ho mai avuto una ragazza seria, ma ho i genitori, quindi so piuttosto bene come comportarmi. Cioè, sua madre non sembrava troppo contenta, ma ho ottenuto un invito alla cena di compleanno. Il rispetto e le buone maniere vincono sempre. Se c'è una cosa che il mio regale padre ci ha insegnato, sono le buone maniere. Un eccesso di buone maniere.

Riley si ferma di colpo davanti a me, con le labbra strette, fissandomi negli occhi. «La cena di compleanno con i miei genitori è la settimana prossima. Vuol dire aggiungere una settimana alla nostra relazione e Sam e Alison non saranno ancora tornati dalla loro luna di miele, quindi non ci saranno loro a distogliere l'attenzione da noi due. Sei sicuro di volerlo? Potrebbe diventare spiacevole.»

«Vuoi che mi tiri indietro?»

Lei mi guarda negli occhi, come cercando una risposta. «Non voglio che ti senta obbligato.»

«Va tutto bene. Se avessi una figlia con un boyfriend serio, vorrei conoscerlo meglio, solo per assicurarmi che sia un tipo a posto.»

Lei sbatte gli occhi un paio di volte. «Vuoi dei figli?»

Mi ficco le mani in tasca. «Non è questo il punto.»

«Sì o no?»

«Sì, certo. Vengo da una famiglia numerosa e siamo tutti molto uniti. Solo, non subito.»

Lei sorride, serena, come se i figli fossero appena dietro l'angolo per noi. Io sto ancora cercando di capire come farò a cavarmela per due settimane di falsa relazione e vero matrimonio con una donna che non posso toccare. Sono finito all'inferno.

«Che cos'è quel sorriso?» le chiedo.

«Niente. È solo bello saperlo.»

«Perché? Questa è solo una cosa temporanea.»

Lei si china verso di me. «Ai miei genitori sarebbe piaciuto che sposassi Charlie, ma sai una cosa? Io non sarei stata felice. Quindi, questo che cosa ti dice?»

«Che Charlie non era all'altezza.»

Lei mi abbraccia, intrappolandomi le braccia lungo i fianchi. «Oh, Jack. Sei così dolce.»

«Non sono all'altezza nemmeno io.»

Lei si tira indietro e mi studia per un lungo momento, come se stesse cercando di capirmi. Non sono così complicato. Ho solo due modalità: lavoro e divertimento. E li mischio volentieri. Non è difficile, visto che lavoro con i miei fratelli e la stessa squadra da dodici anni. Wow. Sono già dodici anni. Lavoro lì da quando ho finito le superiori. È decisamente ora di assumere un ruolo un po' più di rilievo nella società.

Dopo un po' Riley dice: «Se non ti dispiace allungare la faccenda di una settimana e affrontare i miei genitori, allora mi piacerebbe che venissi». Arrossisce e parla al mio petto. «È stato veramente carino quello che hai detto di me, sul fatto che rispetti quello che ho ottenuto.»

«Sei come una supereroina contabile.»

Lei scoppia a ridere, con gli occhi castani che brillano. «Questa non l'ho mai sentita. Adesso, dove diavolo ho lasciato il mantello e la calzamaglia?»

Non riesco a non sorridere. Sembra così rilassata adesso, e avvicinabile. «Probabilmente con il tuo scintillante bikini rosso.» Ammicco. «Tutte le migliori supereroine indossano un bikini rosso.»

Le guance diventano ancora più rosse. «Una supereroina contabile indosserebbe un severo tailleur.»

«Un uomo può anche sognare.» Le tiro una ciocca di capelli. «Ci sarò. È il tuo compleanno, dopotutto.»

La sua espressione si addolcisce. «Grazie. Non sapevo di tutta quella roba dei parchi e dei campi gioco. Sembra che vogliate veramente fare la differenza.»

Alzo le spalle. «Brooklyn è anche la mia comunità. È ovvio che voglia aiutare a migliorarla.»

«Vuoi veramente passare un'altra settimana con me?» mi chiede sommessamente.

C'è una vulnerabilità nascosta nei suoi occhi che mi fa stringere il cuore. Come potrei dire di no? «Sì, certo. È il tuo compleanno. Ne compi ventisette, giusto?»

«Ventisei.»

«Immagino che avrei dovuto saperlo.»

Lei sorride dolcemente, con gli occhi scuri che mi guardano con affetto. «Adesso lo sai.»

Ho questo bisogno improvviso di baciarla, così lo faccio. Solo una beccatina. Non voglio perdere nuovamente il controllo.

Lei si dondola sui tacchi. «Ti piacerebbe unirti a me per festeggiare il mio compleanno in modo più divertente, con le mie amiche, mercoledì sera? È il giorno esatto del mio compleanno. Andremo in un bar in città.»

«Certo.» Perché no? Sono sempre disponibile per una festa e ho già accettato un'altra settimana. Inoltre, le sue amiche faranno da cuscinetto tra me e la tentazione.

Lei mi getta le mani intorno al collo e mi abbraccia. Questa volta ricambio l'abbraccio, anche se non sono normalmente tipo da abbracci. Sento una calma insolita.

«Riley» tuona una voce maschile.

Riley fa un salto indietro. «Ehi, papà!»

I suoi genitori vengono verso di noi, con un'espressione piuttosto cupa. Meno male che ci stavamo solo abbracciando.

La signora Walsh parla per prima, con una voce forzatamente piacevole. «Jack, puoi restare a casa nostra stanotte.»

Deglutisco. Riley starà a casa dei suoi, nella sua vecchia stanza stanotte. Ora hanno invitato anche me a restare da loro. Questo è un territorio inesplorato per me. Non so come far sembrare normale il fatto che preferiremmo stare in due posti separati. Immaginavo che sarei andato in albergo con gli altri invitati. Che cosa farebbe un boyfriend serio? Oh, giusto. Riley ha detto di lasciare che sua madre faccia quello che vuole. In questo caso è la soluzione più semplice.

«Grazie» dico ai signori Walsh. Poi mi rivolgo a Riley. «A me va bene qualunque cosa tu preferisca.»

Riley fissa nel vuoto per un attimo, poi sembra arrivare a una decisione, mettendomi un braccio intorno alla vita. «In effetti, preferisco restare in albergo insieme a Jack.»

Cerco a fatica di nascondere la mia sorpresa e le metto un braccio sulle spalle. «Se va bene per te.»

I signori Walsh si scambiano un'occhiata. Non sono contenti di questo scenario. Forse intendevano metterci in stanze separate. Comunque, devo dar ragione a Riley. Sarebbe ben più imbarazzante restare insieme a casa dei suoi genitori e ci sarebbero troppe possibilità di fare uno scivolone. Sono sicuro di riuscire a prenderle una stanza in albergo. Non mi illudo di riuscire a dividere una stanza con lei senza essere tentato.

Riley si mette a parlare, dicendo ai suoi genitori: «Grazie per aver incluso Jack, ma, ora che ci penso, stare in albergo è più logico. Avete già abbastanza di cui occuparvi con il matrimonio. Potrete conoscere meglio Jack quando tutta questa pazzia del matrimonio sarà finita». Quando restano in silenzio, aggiunge: «Sam ha un'ottima opinione di lui».

La signora Walsh rivolge al signor Walsh un'occhiata dura che dice: *occupatene tu*.

Il signor Walsh capisce l'antifona. «Allora va bene l'albergo. Vi darò un passaggio a casa nostra, in modo che Riley possa prendere le sue cose e poi vi accompagnerò direttamente in albergo.»

«Ottimo» riesco a dire. E io che pensavo che non potesse diventare più imbarazzante. Adesso ho il percorso in auto da passare con i suoi genitori e tutto il tempo che Riley ci metterà a preparare la valigia. Peccato non aver noleggiato un'auto.

Il signor Walsh va dal parcheggiatore per farsi portare la macchina. La signora Walsh resta accanto a noi, silenziosa e rigida.

«Jack è un principe» dice Riley, cercando di farmi sembrare più di quello che sono. Reprimo un gemito. Sì, ho sangue reale, ma non è chi sono io. «Hai visto il matrimonio di suo fratello Dylan nella cappella reale, alla TV?»

«No» risponde seccamente la signora Walsh.

La faccenda dei reali non impressiona molto nemmeno me. Non è che ne abbiamo ricavato ricchezza o privilegi. Mio padre aveva abdicato al trono di Villroy per sposare mia madre, una borghese, e si è riavvicinato al lato regale della famiglia solo di recente, motivo per cui Dylan ha finito per sposarsi laggiù. È stato un gesto simbolico, per accoglierci nuovamente in famiglia.

Il signor Walsh si unisce a noi, dà un'occhiata alla moglie nervosa e resta in silenzio. Io mi frugo nel cervello per qualcosa da dire, senza trovare niente. Mi conoscono come un burlone. Devo mostrare loro che posso anche essere serio, ma non riesco a pensare a niente che sembri giusto da dire in questa situazione tesa e imbarazzante.

Dopo un po', il signor Walsh si decide a parlare. «Sam dice che Williamsburg è *très* fico in questo momento.» È il quartiere dove viviamo Sam e io. «Mi farà piacere rivederla alla cena per il compleanno di Riley. Ci incontreremo al ristorante di Alison, come segno di sostegno, anche se lei sarà in luna di miele.»

Riley arrossisce. «Nessuno dice *très* fico, papà.»

«È *très* fico» dico io.

«Visto, Jack lo dice» aggiunge il padre con l'accenno di un sorriso. Mi ricorda molto Sam. Comincio a vederlo come alleato.

Riley accenna un sorriso che mi dice che mi sarà grata per l'eternità, o qualcosa di simile. Non lo so. Mi sembra che mi si gonfi il petto per l'orgoglio.

Arriva l'auto e io infilo a fatica le mie gambe lunghe nella parte posteriore di una BMW nera con Riley. I signori Walsh si perdono in una conversazione sulla logistica per il matrimonio di Sam l'indomani. Prendo la mano di Riley, che si volta a guardarmi, sorpresa. Probabilmente perché è la prima volta che sono io a farlo per primo da quando abbiamo affrontato Sam nella stanza d'albergo di Riley. E in un certo senso mi fa sentire meglio nello stato di tensione continua che mi procura stare con lei ma non *veramente* con lei. Toccarla rende più accettabile non poterla toccare nel modo in cui vorrei veramente. Strano ma vero.

Lei fissa diritto davanti a sé, con un lieve sorriso sul volto. Impulsivamente, le bacio la guancia e il sorriso diventa più ampio. E, diavolo, mi piace. Strano come una cosa così minuscola riesca a rendere tutto più bello.

Riley

Appena arriviamo a casa, porto Jack nella mia vecchia stanza in modo che non debba sopportare un'altra conversazione piena di tensione con i miei genitori. È stato veramente bravo finora. Jack si siede sulla trapunta rosa a pois bianchi sul mio letto singolo con il baldacchino ed è totalmente, ridicolmente virile e fuori posto. Ed è anche ridicolmente stupendo. Jack con un completo grigio antracite che evidenzia le sue spalle e il torace che si stringe verso la vita sottile è una meraviglia.

Mi piacerebbe togliergli la giacca e toccare e baciare ogni centimetro di quei muscoli deliziosamente definiti. Non è giusto averlo visto in mutande a Las Vegas senza poterlo toccare. Non potevo abbassarmi a toccare un uomo svenuto. Accidenti alla moralità.

E non è solo il fatto che è sexy. Tiene moltissimo al suo lavoro e alla sua famiglia e sta veramente tentando, con i miei genitori, così rispettoso e gentile, nonostante il loro palese disagio per la situazione. C'era un po' di tensione prima, ma Jack se l'è cavata alla grande. Non so che cosa mi aspettassi da lui, ma niente di così positivo, mi ha stupito. Avevo pensato di dover fare da cuscinetto tra lui e i miei genitori, ma Jack ha superato la prova, parlando delle sue prospettive future di carriera e usando quelle sue buone maniere. Non è solo un burlone divertente, forse...

Jack prende il telefono. «Ti prenoto una stanza in albergo.»

La mia ondata d'affetto e desiderio per lui si ammoscia immediatamente. È gentile con me solo per rispetto verso Sam. Avevo immaginato di interessargli veramente quando aveva pronunciato tutte quelle belle cose su di me a cena e quando aveva detto di volere dei figli, in futuro, e che la famiglia per lui era importante. Beh, immagino mi avesse fatto pensare di avere il potenziale per una vera relazione. Come se, forse, l'unico motivo per cui non aveva mai avuto una relazione fosse perché non aveva mai incontrato la donna giusta. Che stupida. Non si è improvvisamente trasformato in un tipo da relazioni; stava recitando una parte. Ovviamente non è attratto da me nel modo in cui lo sono io di lui. So di non essere una delle bellezze mozzafiato cui è abituato. Potrebbe avere chiunque e ha un codazzo di belle donne disponibili.

Sii ragionevole, Riley. Mantieni le cose lievi e informali. Proteggi il tuo tenero cuore.

«Non preoccuparti. Mi limiterò a dormire con una delle altre damigelle.» L'unico problema è che la damigella d'onore e le altre dormono già insieme. Sono amiche fin dalla scuola di cucina. Io sono l'intrusa, la sorella dello sposo.

«Siete amiche?»

«Non proprio. Sono amiche di Alison.» Vado nel bagno annesso alla stanza per prendere i miei articoli da toilette, sentendomi insolitamente irritabile. La maggior parte delle mie cose è ancora in valigia da quando sono arrivata questa mattina. Mi dico di calmarmi. Jack ha fatto la sua parte e sta facendo del suo meglio per mantenere la pace con la mia famiglia.

Mia madre appare sulla porta del bagno. «Posso parlarti per un minuto?»

«Certo.» Infilo il mio necessaire nel grande trolley e la seguo lungo il corridoio verso la camera padronale.

Appena arriviamo, mio padre si alza dal letto ed esce dalla stanza, chiudendosi la porta alle spalle. Oh-kay. Discorso madre-figlia. Che bello. No.

Mia madre mi studia per un attimo. «Ho chiesto a Sam di te e Jack e mi ha detto che la cosa è seria.»

«L'hai fatto? Quando?»

«Alla cena di prova.»

«Oh.» Dev'essere il motivo per cui i miei genitori hanno invitato Jack a restare a casa nostra, anche se sembrano nervosi con lui attorno. Stavano cercando di fare del loro meglio. Ritorno con la mente alla cena di prova. Ero seduta, in stato di shock perché Jack aveva detto tutte quelle cose carine su di me, e stavo riflettendo su che cosa significassero. Ora che ci penso. I miei genitori non avevano parlato molto con noi dopo. Più che altro si erano rivolti a Sam e Alison.

«Tuo padre e io siamo preoccupati. Il modo in cui Sam ha descritto Jack in tutti questi anni lo fa sembrare più un clown che qualcuno con cui fare sul serio.»

«Stiamo uscendo insieme, ecco tutto. Non è che siamo sposati.» Rido, ma perfino alle mie orecchie la risata sembra forzata. Perché l'ho detto?

Lei mi fissa così a lungo che devo distogliere lo sguardo. «Non dirlo nemmeno per scherzo» dice severamente. «Ti ripudieremmo se mai sposassi un clown come quello.»

Deglutisco a fatica. Prima d'ora, non ho mai sentito una disapprovazione così dura su uno dei miei boyfriend. Ovviamente erano tutti contabili, conservatori. Jack è diverso dal mio solito tipo, ma non è solo un clown. Penso bene a che cosa dire di lui, poi mi rendo conto che non ha veramente importanza. È tutto temporaneo.

«Non pensarci. Jack è figo e stiamo solo uscendo insieme.» Le bacio la guancia. «Buonanotte. Ci vediamo domani per il grande giorno.»

Esco di corsa dalla stanza, non vedo l'ora di scappare. Quando torno nella mia stanza, Jack è ancora seduto sul mio letto e sta guardando il telefono. Sembra pensieroso, piuttosto serio. Scuoto mentalmente la testa. Sto immaginandomi chissà che cosa, presumendo che sia serio. Mi bruciano ancora le parole di mia madre, che l'ha liquidato definendolo un clown, e, per quanto ne so, sta guardando il punteggio della partita degli Yankee.

Jack alza gli occhi. «Ehi, va tutto bene?»

«Sì, scusa per il ritardo» dico, andando all'armadio. «Solo roba riguardo alla cerimonia.» Afferro il mio vestito da damigella con troppi volant. *Bleah.* Non è proprio il mio stile. Eleganza e semplicità sono il mio motto.

«Nessun problema.» Gli rivolgo un sorriso e prendo la valigia.

Lui mi prende il vestito e lo porta per me. «Orribile.»

«Sì, davvero. È il modo in cui una sposa si assicura che tutti gli occhi siano su di lei.»

Jack ride e mi apre la porta. Esco davanti a lui con la mia valigia.

«Tutto a posto con l'albergo?» gli chiedo voltando la testa.

«Non esattamente.»

Mi fermo. «Cioè?»

«Non preoccuparti. Ci ho pensato io.»

«Ah, bene» dice mio padre dal piano di sotto, guardandoci dal fondo delle scale. «Sono piuttosto stanco. Vi accompagnerò in albergo e poi andrò a letto.»

«Potremmo prendere l'auto di mamma» dico. L'ultima cosa che voglio è un altro viaggio in auto pieno di tensione, specialmente ora che so che i miei genitori disapprovano Jack. Per me, almeno. Come amico di Sam va benissimo.

Mio padre mi indica col dito. «Sai, non è una cattiva idea.

Puoi riportarla dopo il matrimonio. Avevamo comunque intenzione di usare la mia auto domani.»

Qualche minuto dopo, Jack è al volante della Lexus di mia madre. Aveva chiesto se poteva guidare lui e mio padre era stato d'accordo. E anch'io. Non mi piace guidare.

«Bell'auto» dice, uscendo dal garage.

«Mia madre la usa pochissimo. Solo il tragitto per e dal parcheggio della stazione.» Mia madre lavora in città.

«Fare i pendolari fa schifo. Devo programmare il navigatore o conosci la strada?»

«La conosco.»

«Bene.» Schiaccia così forte l'acceleratore che la mia testa colpisce il poggiatesta.

«Ahi.»

Jack si mette a ridere. «Scusa per il colpo di frusta. Sono abituato a guidare un camion da cantiere dove devi veramente schiacciare a fondo se vuoi che parta.»

Sembra rilassato al volante, così presumo che qualunque problema ci fosse all'albergo non sia stato importante. Gli do delle indicazioni veloci. L'albergo non è lontano.

«Allora, che cos'è successo con l'albergo?» gli chiedo. «Mi hanno dato una stanza orribile accanto all'ascensore o roba simile? Solo un lettino? Sono piccola. Ci sto.»

«Sei con me.»

Mi blocco, con il cuore che batte forte. «Che cosa significa che sono con te?»

Lui si ferma a uno stop e mi guarda. «Significa e cito: "Non possiamo accettare una prenotazione dell'ultimo minuto. È la stagione dei matrimoni e siamo al completo, con due matrimoni con tanti invitati".»

«Ma pensavo che non avremmo...»

Lui schiaccia l'acceleratore, più dolcemente questa volta. «Non dormiremo insieme. Io dormirò sul pavimento.»

«Jack, non posso farti dormire sul pavimento.» Mi torco le mani. Una parte di me vuole provarci con Jack – potrei non avere mai più un'occasione simile – e una parte si sente in colpa perché vorrebbe dire andare contro a tutto ciò che lui ha esplicitamente detto di volere: niente sesso, sì all'annullamento. Diavolo, forse non è nemmeno tentato. Il bacio che mi ha dato prima era così casto. L'attrazione è probabilmente – e in modo imbarazzante – a senso unico.

«Dovresti semplicemente riportarmi a casa dei miei» dico. «Probabilmente stanno già dormendo. E se lo chiedono, prenderò la scusa che volevi passare un po' di tempo con i ragazzi, per l'ultima sera da scapolo di Sam.»

Lui aggrotta la fronte. «Sono sicuro che Sam sgattaiolerà fuori per stare con Alison. Non riesce a farne a meno. Inoltre, farebbe sembrare che le cose stiano già andando male nella nostra relazione. Voglio che pensino che sia un buon boyfriend.»

Il mio stomaco fa una capriola. «Davvero?»

«Sì. Nessuno mi ha mai visto in quel modo prima d'ora. Non so, è piuttosto gradevole.»

Lo fisso sorpresa e poi mi volto a guardare davanti. Il fatto che i miei genitori lo disapprovino non cancella lo sforzo sincero che sta facendo nei loro riguardi. E adesso?

Condivideremo una stanza d'albergo.

È così gentile con me.

Io lo desidero. Dio, quanto lo desidero. Sono anni oramai.

E forse non voglio che sia così gentile con me. Mi tratta come se fossi solo la sorellina di Sam, tutto rispetto e mani a posto. Se avrò una sola notte, voglio il ragazzaccio di cui ho sentito parlare in tutti questi anni. Voglio una Jack-esperienza-completa.

Mi volto a guardarlo. «Sam non ha fatto altro che parlarmi di quanto eri spiritoso e divertente, ma, da quando ci siamo sposati, sei sempre stato serio.»

«Scusami?»

«È vero. È come se sposarti ti avesse trasformato in un'altra persona.»

«Stai dicendo che il nostro matrimonio a Las Vegas mi ha trasformato in una fregatura?»

«Sì.»

Lui svolta a destra e accelera dolcemente. «Bene, principessa Riley Walsh-Rourke, ti rimangerai quelle parole.»

«Non ho preso il tuo cognome.»

«Non puoi essere una principessa, senza quello. Il tuo letto a baldacchino e la tua stanza mi hanno detto tutto quello che mi serviva per sapere come la pensi. Adesso so che cosa hai visto in me nelle tue segrete fantasie. Donna, hai principesse e unicorni scritti sulla fronte.»

«Quando avevo sei anni!»

«Strano che non abbia cambiato la tua stanza quando eri un'adolescente.»

Lo ignoro. E allora, che cosa vuol dire se fantasticavo romanticamente di un principe su un cavallo bianco e avevo creduto negli unicorni un po' più a lungo della maggior parte delle ragazze? Una ragazza ha diritto ad avere qualche vizio, specialmente se sua madre le è sempre addosso, insistendo sull'importanza di eccellere a scuola. «Per quanto riguarda il cognome, userei Rourke in privato e manterrei Walsh professionalmente.»

«Detto proprio come una supereroina contabile.»

Mi metto a ridere. «Se continuerai a chiamarmi così, dovrò inventarmi un bel nome.»

«Super Spreadsheet Girl.»

Mi sgonfio. «No.» È così che mi vede.

«Corporate Calculator.»

Reprimo un sospiro. Fogli di calcolo e calcolatrici. Tanto valeva chiamarmi Number Nerd. Non voglio sentire altri nomi da geek per me. «Forse anche tu dovresti essere un supereroe. Un costruttore supereroe.»

Lui sogghigna. «La mia bravura in cantiere è superata solo dalla mia bravura in altri campi.»

Mi manca il fiato, sembra che stia flirtando con me. «Dici che le scoprirò?»

Lui scuote tristemente la testa. «Guarda, ci sono cose che fai con tua moglie e altre che non fai.»

«Non ti ho sposato per questo tuo lato noioso.»

«Sto cercando di essere principesco.»

Adesso sono curiosa. «È così che ti hanno educato?»

«Diavolo no! Sto improvvisando.»

«Sii solo te stesso.»

«Non so se lo apprezzeresti veramente.»

«Sì!»

Lui si ferma a un semaforo rosso. «Io sono un gusto acquisito. La maggior parte delle donne non apprezza il mio tipo di umorismo.» Mi fa l'occhiolino. «Francamente, mi vogliono solo per il mio corpo.»

«Hai anche un bel faccino.»

«Un bel faccino! Per favore! Come fai a chiamare "bel faccino" un tizio con la barba? Sono virile!»

«Sì, è vero.» La mia voce suona un po' soffocata.

Jack mi fissa a lungo, forse ha notato il mio tono di voce. Devo tentare. Mi dico che terrò fermamente rinchiuso il mio cuore. Voglio solo sperimentare qualcosa di più di un bacio casto. Respiro a fondo e sputo il rospo. «Sei sinceramente l'uomo più bello che abbia mai conosciuto. Ho una cotta per te da quando avevo diciotto anni. Ecco, adesso sai tutto. Sentiti libero di usarlo contro di me.»

Lui mi dà un buffetto sotto il mento. «La cotta di una ragazzina non è la stessa cosa di una vera e propria relazione. È un bene che abbiamo un limite di tempo. Non voglio deluderti.»

Stringo i denti. «Non sono più una ragazzina. So che cosa voglio e non è essere trattata come la sorellina del tuo amico. Voglio il Jack divertente di cui parlano tutti. E so che è solo una cosa temporanea, ma abbiamo stanotte, e io... voglio di più.»

Il semaforo cambia colore e lui continua a guidare senza dire una parola.

Sono abbastanza infuriata da tirar fuori tutto. «Jack, se non puoi essere te stesso con me, il Jack pazzoide, spontaneo e divertente, allora preferisco andarmene. Sono stufa di essere trattata con i guanti.»

«Che cosa? Mi stai scaricando?»

Bleffo come una campionessa. «Già, esatto. Me ne andrò e poi potrai dire a Sam domani, al ricevimento per il suo matrimonio, che abbiamo rotto perché eri troppo un cagasotto per essere l'autentico te stesso con una donna.»

Silenzio. Un silenzio estremamente teso.

Merda. Forse ho esagerato. L'ho fatto arrabbiare parlando

di Sam. O forse è perché l'ho chiamato un cagasotto. Devo scusarmi? Sono solo stata sincera. Voglio che sia se stesso, ammiccante, affascinante, spiritoso, non un marito serio che non mi tocca mai. Voglio veramente che mi tocchi. A volte sembra che ci sia qualcosa tra di noi, una tensione, un fremito, ma poi svanisce. Non so se sono solo io. Tutto ciò che so è che più tempo passo con lui, più lo desidero. Non mi aspetto niente, dopo stanotte, ma voglio questa notte. Voglio lui. Adesso non posso tirarmi indietro. Aspetterò. Dovrà dire qualcosa. Nessuno può ignorare di essere chiamato un cagasotto. È nel DNA degli uomini, devono difendere la loro virilità.

Arriviamo finalmente al parcheggio dell'albergo e lui spegne il motore, senza dar segno di voler scendere. Ecco. Adesso o mai più. L'aria è carica di tensione.

Mi volto lentamente a guardarlo negli occhi.

Lui si china verso di me, con gli occhi azzurri che scintillano. «Sfida accettata.»

Gulp. Non so che cosa significhi e sono troppo una cagasotto per chiederlo.

4

____

Riley

Seguo Jack nella sua camera con il cuore che batte forte, le farfalle nello stomaco e ogni terminazione nervosa all'erta. Sta veramente succedendo. Sono da sola in una stanza d'albergo con Jack, questa volta completamente sobrio. Penso che farà la sua mossa. Sarà meglio!

Ehi, sono una donna moderna. Posso fare *io* una mossa. Ovviamente era stato più facile dopo parecchi drink. Avevo ballato in modo sexy con lui a Las Vegas e avevo decisamente ottenuto un risultato. Mi guardo intorno nella stanza cercando il minibar. Solo un menu per il servizio in camera. Forse dovrei suggerire un drink. Solo per aiutarmi a calmare un po' i nervi.

Mi cade lo sguardo sul letto matrimoniale e il mio stomaco fa una capriola. Con la coda dell'occhio vedo Jack che appende il mio abito da damigella nell'armadio, accanto al suo smoking. Colgo per un attimo il suo sguardo quando prende la mia valigia.

«Rilassati, ho detto che dormirò sul pavimento» dice, mettendo la mia valigia accanto a una sedia nell'angolo più lontano della stanza.

«Sono rilassata» dico, smettendo di torcermi le mani. Non

posso permettere al nervosismo di vincere. Devo essere audace. Devo mettere bene in chiaro ciò che voglio. Ho delle mire. Mire lussuriose. Apro la bocca per dirgli esattamente quello, ma ciò che esce è un'offerta perfettamente educata. «È la tua stanza. Dovresti prendere tu il letto. A me sta bene il pavimento.» *Coraggio donna! Fatti avanti!*

Jack scuote la testa e prende un cuscino e una coperta dal ripiano in alto dell'armadio, appoggiandoli sul pavimento accanto al grande letto tentatore. *Perché non può essere tentato da me? Renderebbe molto più facile sedurlo.*

Lo guardo mettere il cuscino contro il comodino e sedersi sul pavimento, appoggiandosi.

Indica la TV montata sulla parete. «Vista perfetta della TV.»

«Davvero? Magari dormirò anch'io sul pavimento.»

Lui mi guarda fisso. «Vuoi davvero dormire sul pavimento?»

«Certo.»

«Bene.» Si alza, appoggia il cuscino contro la testiera e si sistema sul letto.

Io lo seguo un attimo dopo.

«Ry» dice sbuffando.

Sistemo anch'io il mio cuscino contro la testiera. «Che c'è?»

«Così non funziona.»

Le mie speranze volano. *È tentato da me. Non riesce a dividere un letto senza toccarmi.*

Gli rivolgo un sorriso che spero sia seducente. «Perché no?»

«Perché no» risponde secco.

«Perché sei tentato da me?» Trattengo il fiato.

«Qualunque uomo sarebbe tentato, se dovesse dividere il letto con una donna. È semplice biologia.»

Ansimo, ferita. Lui non lo nota. È troppo occupato a borbottare tra sé e sé mentre torno sul pavimento.

Scendo dal letto. «Ho un'idea migliore. Alzati.» Gli faccio segno di alzarsi dalla coperta. La prendo e la metto sopra il letto. «Visto? In questo modo possiamo stare comodi entrambi. Tu dormirai sopra le coperte e io sotto.»

Lui mi strappa dalle mani la coperta e la ributta a terra. «Sto cercando di essere signorilmente principesco. Adesso smettila.»

Sembra un po' arrabbiato, cosa che non sembra né principesca né signorile. E glielo dico, dato che penso possa essere un novellino in questa cosa della galanteria.

Jack mi guarda stringendo gli occhi azzurri. Sì, è decisamente arrabbiato. E per che cosa? Sono stata veramente premurosa. «Faccio una doccia» ringhia. «Tu mettiti a letto e resta lì.»

Do un'occhiata alla sveglia sul comodino. «Sono solo le otto e mezzo.»

«Allora rilassati a letto. Puoi farlo, per me?» Volta sui tacchi e va in bagno.

Uffa, cavolo. E pensare che ero nervosa al pensiero di dividere una stanza d'albergo con lui. Prima perché pensavo che potesse cercare di farmi uno scherzo e poi per la possibilità di una notte appassionata e selvaggia (cosa che muoio dalla voglia di avere). Solo la vecchia, normale biologia che ci impedisce di condividere un letto, niente di personale. Sono completamente resistibile. E la cosa fa schifo.

So che cosa migliorerebbe le cose. Ordinerò qualcosa dal servizio in camera. Prendo il menu dal tavolo. Mmm, sembra buono. Un Moscow Mule. La vodka mi darà giusto la spinta di cui ho bisogno per essere audace. Ah! Un calcio di mulo! E non mi dispiacerebbe il sundae ai brownie con il gelato alla vaniglia e la salsa calda al caramello. Ho saltato il dessert a cena perché non era al cioccolato. Mi permetto le calorie extra solo se c'è il cioccolato. Dovrei controllare se Jack vuole qualcosa.

Ma prima trovo una soluzione per la questione del letto, spostando nuovamente la sua coperta e il suo cuscino sul letto e sistemando una fila di cuscini in centro. Ecco. Possiamo stare comodi entrambi e c'è una linea di demarcazione in mezzo per quelli di noi che la ritengono necessaria. Facilmente superabile se mai venisse la voglia, o se il mulo tirasse calci (ah-ah).

Vado verso la porta chiusa del bagno e ascolto l'acqua scorrere. «Jack?»

Nessuna risposta. Non sono una guardona, quindi provo di nuovo, parlando a voce più alta attraverso la porta. «Jack, vuoi qualcosa dal servizio in camera?»

«Cosa?» grida.

Provo la maniglia. Non ha chiuso a chiave. Apro la porta e infilo la testa. «Vuoi qualcosa dal servizio in camera?»

«Che cosa voglio?»

Mi avvicino. «Ho detto, vuoi qualcosa dal servizio in camera?» Vado direttamente alla tenda bianca della doccia, che, sfortunatamente, non rivela niente. «Sto ordinando un Moscow Mule e il dessert. Un dessert vero, un sundae ai brownie.»

La tenda si sposta, ma Jack mostra solo la testa. Accidenti. «Che cosa ci fai qui?» mi chiede.

«Non mi sentivi, quindi mi sono avvicinata. E la porta non era chiusa a chiave.»

«Non ti avevo detto di metterti comoda a letto e di restare là?» Chiude di scatto la tenda.

Scortese. Fisso la tenda con uno sguardo malevolo per un momento, chiedendomi che cosa fare. Vabbè, la buona educazione non funziona, giusto. È ora di provare qualcosa a un altro livello per arrivare a Jack.

Senza far rumore, prendo il suo asciugamano, poi tutti gli altri, le manopole di spugna, tutto. Li stringo al petto, piegandomi per raccogliere i vestiti che ha scartato dal pavimento prima di uscire in silenzio dalla porta.

~

Jack

Non posso nemmeno farmi una sega in santa pace? Davvero! Deve entrare in bagno per chiacchierare mentre sono nudo nella doccia? Sto cercando di fare la cosa giusta! Adesso ha rovinato tutto. Come faccio a riprendere... i miei affari... sapendo che potrebbe entrare di nuovo in ogni momento?

Apro l'acqua fredda nel tentativo di raffreddarmi. È come se non avesse la minima idea di questa faccenda uomo-donna. Com'è possibile che pensi che possiamo condividere un letto o perfino il pavimento e non fare sesso? Non riesco a credere di dover essere io a tenere la testa a posto, mettendo al primo posto il futuro annullamento, com'è giusto. Io, il mattacchione! Non si rende conto di com'è maledettamente invitante in quell'abito morigerato? È come il canto di una sirena su cui si è sintonizzato il mio cervello eccitato, perché ricorda com'era a Las Vegas, con quell'aderente abito con i lustrini, tutta curve generose, e la mia mente continua a tormentarmi con quell'immagine, facendomi venire voglia di strapparle il vestito di dosso.

Reprimo un gemito. Che cosa sta passando in quel suo brillante cervello? Non si rende conto di come sono andato vicino a tirarla nella doccia con me? No. È assolutamente ignara. Dev'essere perché è così perbene. Non le passa per la testa che io potrei essere un pervertito. Niente, non posso permettermi di pensarci.

Resto sotto l'acqua fredda finché ci riesco prima di chiuderla e allungare la mano per prendere l'asciugamano. Poi l'allungo ancora un po'. Tiro indietro la tenda della doccia per controllare. Pensavo di averlo sul portasciugamani vicino al WC. Tiro indietro la tenda dall'altro lato. C'era uno scaffale pieno di asciugamani sulla parete opposta, che ora è completamente vuoto. Che diavolo?

Controllo la stanza, dove non c'è un solo asciugamano in vista, nemmeno una manopola. Anche i miei vestiti sono spariti.

«Ry!»

Non riesco a crederci. Ha rubato il mio asciugamano e i vestiti? Ha tanta voglia di vedermi nudo? È il suo goffo tentativo di sedurmi? Perché non ne ho proprio voglia in questo momento. E dovremmo ottenere l'annullamento! Niente sesso! Giuro, dovrò metterla seduta a farle una predica severa dopo questo scherzo. Deve capire i fatti.

Esco dalla doccia e sgocciolo sul tappetino per un momento prima di aprire un pochino la porta e sporgere la testa. «Ry! Ridammi il mio asciugamano.»

Silenzio. Nemmeno una risata soffocata.

Provo una sensazione di disagio. Se n'è andata?

Entro nella stanza. L'ha fatto! Ha rubato gli asciugamani e se n'è andata. La rintraccerò dabbasso e, quando la troverò, la mia vendetta sarà tremenda. Apro lo sportello dell'armadio, pensando che mi asciugherò con una delle t-shirt che ho in valigia e mi vestirò. Resto a bocca aperta.

Mi ha rubato anche la valigia.

Perfino lo smoking. Anche la sua valigia è sparita. Se n'è andata. Davvero.

L'unica cosa che è rimasta è il suo abito viola da damigella, con tutti quei volant. Lo fisso. Mi ha lasciato quella cosa orribile. Sperava che fossi così disperato da mettermelo? Ah. Non credo proprio. Farò...

Penso in fretta a tutte le possibili alternative, tutte che finiscono con me che rintraccio quella donna subdola. A meno che abbia preso le chiavi dell'auto e sia tornata a casa dei suoi genitori. Merda. E se avesse preso anche la chiave della stanza? Dovrei chiamare uno dei ragazzi per aiutarmi e sarebbe la mia fine. Ispeziono la stanza. Dove avevo lasciato la chiave?

Mi blocco quando sento bussare. «Uhm, sì?»

«Servizio in camera» dice una voce profonda.

Merda! Aveva detto di aver ordinato il servizio in camera. E adesso mi ha lasciato ad aprire la porta, nudo?

«Lo lasci in corridoio» dico.

«Mi serve una firma» dice il tizio.

Prendo in considerazione le alternative. Potrei semplicemente lasciare lì quel tizio, ma se ne andrebbe veramente? Finirebbe nei guai per non aver consegnato correttamente la roba ordinata? Merda! Merda! Merda!

BENE. Farò la cosa giusta!

Afferro il vestito da damigella dall'appendiabiti e me lo avvolgo intorno alla vita. Se questo tizio fa tanto di sorridere, si beccherà una sberla.

Apro a metà la porta e *lei* la apre completamente. Non un tizio del servizio in camera. È Riley, che mi guarda con un'espressione divertita, maledettamente contenta di se stessa. Ha finto di essere un uomo.

Quasi mi soffoco con la saliva cercando di trovare un modo di reagire. Mi ha fatto uno scherzo. A me! Il re dei burloni! Nessuno è mai riuscito a farmi uno scherzo come questo. E io ero troppo confuso da tutta quella storia del dividere il letto per riuscire a inventarmi uno scherzo tutto mio. Forse era il suo gioco fin dall'inizio: una distrazione per farmi cascare. La mia subdola, intoccabile mogliettina.

Lei sogghigna e io mi inalbero. «I volant color lavanda ti donano.»

Grr...

~

Riley

Con il cuore che martella, spingo nella stanza il carrello di servizio. Avevo intercettato il tizio del servizio in camera e avevo firmato nel corridoio. Jack, all'inizio, è sembrato sbalordito dal mio piccolo scherzo e speravo che si sarebbe risolto in una risata. Lui è il re dei burloni, no? Ma adesso sembra furioso. Ho sorriso un po' troppo davanti ai volant color lavanda? Non me l'aspettavo. Avevo pensato che avrebbe afferrato un cuscino o una coperta per coprirsi. Avevo lasciato il vestito perché detesto quella cosa e sapevo che non lo avrebbe toccato. Invece l'ha fatto! Comunque sono andata troppo oltre con lo scherzo per tirarmi indietro adesso.

Prendo la tazza di rame gelata del mio Moscow Mule e ne bevo un sorso per fortificarmi. «Ho la tua acqua frizzante.»

Lui mi guarda furioso. «Dove sono i miei vestiti?»

«In fondo al corridoio, accanto al distributore del ghiaccio. Anche gli asciugamani sono nella valigia. Non hai portato molto.»

Lui stringe i denti. «Hai ficcato in valigia anche lo smoking. L'avevo affittato, sai.»

«Era solo un piccolo scherzo» dico dolcemente. «Pensavo ti piacessero gli scherzi.»

«Dov'è il mio smoking?» dice a denti stretti.

«L'ho messo nella parte appendiabiti della mia valigia.» Bevo un sorso del mio drink, cercando di fingere indifferenza, ma mi trema la mano. Pensavo che adesso l'atmosfera sarebbe diventata più allegra, che avremmo riso insieme, avvicinandoci. Pensavo che fosse questo il modo di agire con Jack.

Colgo un rivoletto d'acqua che scende lentamente lungo il suo torace muscoloso e sento la bocca secca.

Jack invade il mio spazio personale e io alzo la testa, scoprendo che mi sta fissando dall'alto, con gli occhi fiammeggianti. «E dov'è la tua valigia?» chiede con un tono pericolosamente dolce.

Sento un brivido caldo. Non so se è il normale desiderio che provo per lui o l'incredibile e leggermente pericoloso calore che si irradia da lui a ondate. Non riesco a sostenere il suo sguardo e mi sposto, appoggiando il mio drink sul carrello.

Mi sforzo di parlare in tono tranquillo mentre cerco di trovare una soluzione che gli dia ciò che vuole e a me il tempo necessario per calmarmi. «È con la tua valigia accanto al distributore di ghiaccio. Vai a prenderle mentre io servo il dessert. Non mi dispiace condividerlo.»

Jack mi afferra il braccio, che formicola immediatamente nel punto in cui lo tocca, e immagino che dica tutto di me. Il mio desiderio è parecchio più forte del buonsenso quando sono con lui. «Oh, no,» ringhia, «non mi fido di te nemmeno per un momento. Sono sicuro che mi chiuderesti fuori mentre io vago per i corridoi avvolto nel mio asciugamano color lavanda con i volant, cercando la mia valigia.»

Mi sfugge una risata. Non ci avevo pensato. «Ti darei la chiave, ma non so dove potresti metterla.»

I suoi occhi azzurri lanciano fiamme. È al contempo sexy e minaccioso. Più che altro sexy.

«Io non sono così subdola, Jack. Davvero. Era solo un piccolo scherzo. Lo giuro, non ti chiuderò fuori.»

«Dice la donna che ha rubato tutti gli asciugamani e ogni

pezzo di vestiario, eccetto questa mostruosità a balze. Non hai lasciato nemmeno una manopola!»

Ridacchio davanti a quell'immagine. È così grosso. «Dici che una manopola sarebbe servita?»

«No!»

Alzo le mani. «Okay, calmati. Diavolo, per essere uno che propina scherzi in continuazione, pensavo che lo avresti apprezzato di più.»

«Lo apprezzerò quando sarò vestito. Adesso vieni qua.» Mi sposta davanti a sé prima che possa capire che cos'ha in mente e mi mette le braccia intorno alla vita. «Sei la mia copertura. Hai la chiave su di te?»

Reprimo una risata. «Sì, è su di me.»

«Dove?»

«L'ho infilata nel reggiseno.»

Jack borbotta qualcosa di incomprensibile e mi fa camminare davanti a sé: «Apri la porta».

«Mi sembra di essere un ostaggio» ribatto uscendo in corridoio. Fortunatamente non c'è nessuno. Dobbiamo sembrare veramente ridicoli. Jack innegabilmente di più. *Non ridere.*

Lui abbassa la testa verso il mio orecchio, con la voce vellutata. «La situazione ti mette a disagio?»

Ci penso mentre camminiamo insieme lungo il corridoio verso il cartello con scritto "Ghiaccio". «Beh, il tuo volant gigante mi sta toccando il culo.»

«Mi dispiace sentire che il mio volant ti dia fastidio.»

«Potresti spostare di lato il grande volant?»

«No.»

«Perché no?»

«Cammina di più e parla di meno» borbotta lui.

Mi viene in mente perché non vuole spostare il volant. Forse gli piace avermi così vicino. Forse gli piace veramente tanto.

«Sei eccitato in questo momento?» gli chiedo.

«No.»

«Allora potresti...»

«No.»

«*Sei* eccitato.» Non riesco a evitare di sorridere mentre parlo. È una notizia fantastica!

«Qualunque uomo si ecciterebbe con un sedere rotondo che gli si strofina addosso. È un fatto.»

Rotondo è positivo? O sta segretamente dicendo che ho il sedere grosso? «Mi stai insultando?» gli chiedo.

Lui si ferma, con il braccio stretto intorno alla mia vita, il respiro aspro contro il mio orecchio. «Non ti dirò quando e non ti dirò come, ma sappi che mi vendicherò.»

Rabbrividisco. Sarà meglio che dorma completamente vestita, con la chiave dell'albergo *e* le chiavi dell'auto addosso. O forse dovrei cercare di farmi ospitare dalle damigelle.

Jack riprende la marcia verso il distributore di ghiaccio e io ci ripenso. Per quanto folle possa sembrare, mi piace avere Jack avvolto intorno a me, perfino per una missione di caccia alla valigia.

«Prendi» ordina.

Oh! Oh-kay. Metto una mano dietro di me e lui si allontana. «La valigia» sbraita.

Oh, mi ero distratta a causa della botta di libidine che aveva invaso il mio sistema. Mi sembra di avere il cervello in panne. Indico le nostre valigie nell'alcova dove si trova il distributore. «Sane e salve. Allora io prendo la mia e tu prendi la tua.»

«Prendile entrambe.»

«Perché?»

«Tu le hai messe lì, tu le riporti indietro.»

«Hai intenzione di farmi marciare verso la stanza spingendo due valigie?»

«No, ma ti starò molto vicino nel caso tu decida di scappare.»

Volto la testa per guardarlo. «Dov'è la fiducia?»

Lui mi guarda mostrando i denti. «Mi prendi per un idiota?»

Sospiro e prendo le valigie, spingendole verso la nostra stanza. Con lui quasi appiccicato. «Che ne dici se ti lascio il letto e siamo pari?» chiedo, come offerta di pace.

«Che ne dici se ti guardi le spalle per il resto del fine-settimana?»

Una giovane coppia ubriaca barcolla lungo il corridoio venendo verso di noi. «State venendo dalla piscina?» chiede il tizio dai capelli rossi, probabilmente perché il torace nudo di Jack è chiaramente visibile. È più alto di me.

La brunetta dal trucco pesante sbuffa. «Hanno le valigie.»

«Continua a camminare» mi ordina Jack.

Lo faccio, ma mi guardo indietro vedendo che squadrano Jack.

«Una qualche perversione da travestiti» dice l'uomo.

«Io non giudico!» dice la ragazza. «Continuate pure!»

Le loro risate echeggiano lungo il corridoio. Reprimo un sorriso mentre apro la porta e tiro dentro le valigie. «Visto, Jack? Era solo per divertirsi.»

Lui non risponde; invece va verso il letto, ributta il muro di cuscini contro la testiera prima di alzare la valigia sul materasso e aprirla. «Voltati.»

Io vado al carrello del servizio in camera e bevo un lungo sorso del mio drink. È triste, ma il fatto è che mi piaceva camminare con Jack premuto contro di me. Troppo. Sono accaldata e, per quanto possa sembrare ridicolo, nutro ancora una piccola speranza che Jack ci ripensi e che avremo il nostro momento. Un vero legame. Sono contorta o cosa?

«Allontanati un po'» ordina Jack.

Appoggio il mio drink e vado dall'altra parte della stanza, accanto al condizionatore. Lo metto al massimo e mi chino per rinfrescarmi un po'. La griglia è a circa trenta centimetri dal pavimento. La brezza è meravigliosa. Ho il retro del vestito leggermente umido, visto che Jack si è appoggiato con il corpo bagnato. Afferro la gonna e la ruoto per quanto possibile per asciugarla senza dovermi voltare io. *Oops.* Si è sollevata un po'. L'abbasso lisciandola. Penso che mi limiterò a cambiarmi e l'appenderò nell'armadio perché si asciughi di notte.

«Posso voltarmi?»

«Non ancora, subdola imbrogliona.»

«Dai, è stato solo per divertirci. Hai riavuto la tua roba

senza problemi e... ahhh!» Cubetti di ghiaccio scivolano lungo la mia schiena. Mi volto e vedo Jack, tutto sorridente, in mano ha la mia tazza di Moscow Mule.

«Questo è solo l'inizio» dice con un tono strascicato.

Gulp. Stanotte mi sa che non dormirò.

Lui mi ridà il mio drink e io cerco immediatamente di prendere un cubetto di ghiaccio, ma Jack mi afferra stretto il polso. «Se lo fai, finirai per indossare questo drink.»

Mi manca il fiato perché è vicino e mi sta toccando. «Posso per favore riavere il mio drink? Prometto di non usare il ghiaccio contro di te.»

Lui inclina la tazza verso di me e io bevo, occhi negli occhi sopra la tazza. Finisco di bere, lasciando solo un paio di cubetti di ghiaccio che sbatacchiano intorno, facendomi venire la tentazione di lasciarli cadere dentro la sua t-shirt. Meglio ancora, dentro i pantaloncini da basket. Forse sono davvero una subdola burlona.

Porta con sé la tazza di rame e va al carrello del servizio in camera, spostandolo verso la scrivania. Lo raggiungo e alzo la campana sopra il mio sundae ai brownie che si sta sciogliendo. Mi piace il gelato quasi sciolto. Ne prendo una cucchiaiata e lo ingoio. Pura beatitudine. Sento il suo sguardo su di me e mi volto a guardarlo. Adesso non sembra più così agitato. Più che altro intensamente interessato a ciò che sto facendo. Oh, accidenti. Sono scortese. Prendo l'altro cucchiaio e glielo offro. «Ne vuoi un po'?»

Jack ne prende una cucchiaiata, mangia, con i penetranti occhi azzurri fissi nei miei. Guardo le sue labbra, sperando, sperando... ah, ecco, c'è un po' di salsa al caramello.

«Hai...» Gliela tolgo e mi lecco il dito.

Lui si sposta bruscamente. «Io dormirò sul pavimento e non voglio sentire un'altra parola al riguardo.»

Sento un'ondata di affetto. «Oh, Jack. In fondo in fondo, nonostante tutto il tuo atteggiamento da bontempone, hai il senso dell'onore.»

Lui getta sul pavimento la sua coperta e un cuscino. «Puoi biasimare mio padre per quello, continuava a ripetere che cosa rendeva *uomo* un uomo, onore e integrità, soprattutto. Effetto collaterale della sua educazione regale.»

Mi avvicino. «Non ho intenzione di buttarti fuori dal letto.»

Lui viene verso di me e ricomincio a sperare. Ma poi mi arruffa i capelli, come se fossi la sorellina di Sam. Lo guardo storto e mi liscio i capelli. «Mi sto buttando fuori da solo dal letto. Non manterremo in vita questo matrimonio.»

Mi cadono le spalle, sconfitta, e fisso il pavimento. Non è che volessi così tanto essere sposata. Solo che non mi aspettavo che Jack resistesse tanto. Volevo veramente che diventassimo intimi per godermi l'uomo di cui avevo sentito raccontare tante cose divertenti. È l'anima della festa, tranne che con me. Io sono sempre la sorellina di Sam.

Mi dà un buffetto sotto il mento alzandomi la testa verso di lui «Ehi, è stato un bello scherzo. Ti sei meritata il letto. Non sono in molti a riuscire a farmela. Rispetto.» Mi offre il pugno e lo batto, perché ha accettato benevolmente il mio scherzo.

Jack si sistema sul pavimento e accende la TV, ignorandomi.

Sospiro. Mi sono guadagnata il suo *rispetto*. Ecco tutto. È ora di accettare la dura verità...

Sono un repellente per i ragazzacci.

5

Riley

La mattina seguente mi sveglio col rumore della doccia. Ho dormito profondamente. Spero che Jack non sia ammaccato. Gli avevo detto che non mi sarei offesa se fosse andato a dormire con uno degli altri testimoni, ma mi aveva risposto che stava bene dov'era.

Ieri sera abbiamo parlato un po', al buio. Gli ho chiesto che cosa fa con Sam quando sono insieme. Jack era chiaramente irritato per come Sam aveva praticamente scaricato i suoi amici per passare tutto il tempo con Alison, ma prima passavano il tempo coi videogiochi, andavano al bar, giocavano a basket nel parco. Classica roba da maschi.

In ogni modo, avevamo dichiarato una tregua sugli scherzi in bagno e lui è lì proprio adesso, a fare un'altra doccia. Gli piace proprio essere pulito.

La porta del bagno si apre in una nuvola di vapore e Jack esce con un asciugamano bianco avvolto intorno ai fianchi e un necessaire nero in mano. Mi si secca la bocca e sento caldo dappertutto. Non ho mai visto un uomo altrettanto stupendo. È la sincera verità. E questo da una donna con una cartella segreta di sexy stelle del cinema sul laptop, da ammirare quando mi coglie la voglia. Francamente è fuori dalla mia portata. Io sono la ragazza della porta accanto e lui sembra veramente uscito da un film di supereroi, senza il costume ridicolo. Larghe spalle muscolose, un torace da paura, addominali che finiscono in una V alla vita sottile. Perfino le sue gambe sono muscolose e sexy. Avrei ammirato di più la sua fantastica figura se non mi avesse guardato in modo così minaccioso.

Jack sorride, con i denti che scintillano bianchi contro la corta barba scura. «Buongiorno, raggio di sole. Ho trovato un'alternativa al tuo orrendo abito da damigella. Per te, questa volta.»

Sono veramente contenta che non mi porti rancore per lo scherzo. Lo guardo mentre va all'armadio dov'è appeso il suo smoking, accanto all'abito color lavanda con i volant. Lui si volta a guardarmi. «Il tuo vestito è asciutto e non sembra aver patito.»

«Maledizione» dico.

Jack ride. Un momento dopo, solleva il nastro nero del papillon e la fascia dello smoking. Due pezzi. La fascia in alto e il papillon in basso. Li tiene in posizione come se stesse immaginandomi con quelli addosso. «O forse il contrario?» Li scambia di posto. «Devi ammettere che un bikini ti donerebbe di più dei volant viola.»

Rido anch'io. «Non credo che un papillon coprirebbe molto.»

Lui mi avvolge il nastro del papillon intorno al collo e sento il suo profumo pulito e mascolino. «Ecco fatto. Adesso scegli tu che cosa deve coprire la fascia.»

I nostri sguardi si incontrano e tra di noi la tensione sale. Di colpo sono così intensamente conscia di lui, dei suoi capelli scuri, ancora bagnati dalla doccia e lisciati indietro, dell'azzurro intenso dei suoi occhi, del suo profumo pulito, del calore del suo corpo così vicino al mio. Il mio corpo sta vibrando, all'erta. È la realtà. Non sono solo io. Qui c'è qualcosa di più del solo rispetto.

Jack si china lentamente, con gli occhi semichiusi mentre mi fissa le labbra. Il mio cuore accelera, il fiato si ferma, sto fremendo tutta nell'attesa. Sta finalmente succedendo. Alzo la testa e chiudo gli occhi.

E poi niente.

Apro gli occhi e vedo la sua schiena. È dall'altra parte della stanza, diretto alla sua valigia.

«Il bagno è tutto tuo» borbotta.

Sospiro e mi tolgo il papillon, appoggiandolo sulla cassettiera. Chi sapeva che avesse un senso dell'onore così forte? Non riuscirò più a farmi baciare. Non saremo più soli, dopo oggi. Abbiamo il matrimonio, la cena per il mio compleanno con i miei genitori e poi sarà tutto finito. Mi dico che è meglio così. Sto ingigantendo questa relazione. Semplicemente, Jack non è pronto per niente di reale. Almeno non con me. E lo devo accettare. Nessuna aspettativa.

Mi sforzo di usare un tono indifferente. «Hai dormito bene sul pavimento?»

«Sì, nessun problema.» Prende degli abiti dalla valigia e li butta sul letto. Un'altra t-shirt e pantaloncini da basket. Immagino che i testimoni non abbiano bisogno di passare ore e ore a prepararsi per il corteo nuziale. La cerimonia è all'una e io devo fare rapporto alla suite nuziale al piano di sopra alle dieci, fra un'ora.

Mi avvicino, cercando delle borse sotto i suoi occhi. In effetti sembra stia bene. «Hai fatto molto campeggio da ragazzo? Sei abituato ai posti scomodi?»

Lui ridacchia. «Campeggio? No. Ma sono cresciuto con cinque fratelli. Era affollato, specialmente se venivano degli amici. Posso dormire praticamente dovunque. L'unico problema è che ho il sonno leggero, quindi mi sveglio se c'è un rumore insolito. Fortunatamente tu non russi.»

Mi ritrovo a guardare nei suoi caldi occhi azzurri un po' troppo a lungo e mi sforzo di distogliere lo sguardo. Mi attira perfino di più quando è il solito Jack di buon umore. Arretro di un passo. Non ho intenzione di gettarmi nelle sue braccia. Probabilmente scapperebbe dalla stanza a gambe levate. «Okay, va bene. Allora, fra poco devo andare nella suite nuziale. Immagino che ci vedremo al matrimonio.» Mi dirigo in bagno.

«Ci vediamo, moglie.»

Quasi incespico. «Ah! Già!»

Chiudo piano la porta e mi appoggio contro. Ancora una settimana con Jack.

Scuoto la testa. Sono delusa da me stessa. Lo scopo di stare con Jack era di divertirmi un po'. Ed è stato così. Mi è piaciuto il tempo passato con lui, anche se è stato completamente platonico. Non dovrei desiderare di più. Lui non sta cercando di avere una relazione. I miei genitori disapprovano. Quante volte mi devo ripetere che devo proteggere il mio cuore? Non posso permettermi di innamorarmi di lui.

Quando esco dal bagno, Jack se n'è andato. Sulla scrivania c'è un caffè d'asporto accanto a un piccolo sacchetto bianco. Mi avvicino e vedo un biglietto scarabocchiato sulla carta da lettere dell'albergo: "La colazione delle supereroine contabili". Almeno non mi ha chiamato Corporate Calculator.

Guardo nel sacchetto: croissant al cioccolato, la mia colazione preferita quando sono in viaggio. Alzo il coperchio della tazza d'asporto. Altra scelta vincente: un cappuccino. Deve aver chiesto a Sam che cosa mi piace. Mi si stringe il cuore al gesto gentile. Mi aspettavo scherzi da Jack, risate, feste, non certo dolcezza.

La cerimonia è stata meravigliosa. Grazie al cielo. Dopo tutto quel lavoro di organizzazione, duecento tra i famigliari e gli amici di Sam e Alison sono stati testimoni di quel bellissimo evento alla chiesa cattolica di St. Mary. È quella che frequentavamo da ragazzi. Ad Alison piaceva di più della chiesa che frequentava in Pennsylvania, quindi avevano deciso di sposarsi qui nel New Jersey.

Ora siamo al ricevimento, dove ho già bevuto due bicchieri di champagne e mangiato qualche *hors d'oeuvre*. Sono seduta al tavolo accanto a Jack e guardo gli sposi che fanno il primo ballo da marito e moglie. Si spostano e colgo le loro espressioni mentre si guardano negli occhi. Sembrano ammaliati. Mi si chiude la gola e devo sbattere le palpebre per non piangere. Sono riuscita a non piangere durante la cerimonia e non ho intenzione di piangere nemmeno qui, anche se sono talmente innamorati da rendermi felice e triste allo stesso tempo. Felice per loro e triste per me perché nessun uomo mi ha mai guardata in quel modo, come se fossi tutto il suo mondo. E so che non mi sentivo così con Charlie, anche se parlavamo ogni tanto di un futuro in cui saremmo stati sposati con una casa e dei figli. Il pacchetto completo.

Dio, era quello che volevo. Che ci faccio qui a far casino con Jack? Non ho bisogno di *divertimento* nella mia vita. Ho bisogno di un uomo che sia ammaliato da me, e io di lui. Talmente travolto dalla passione da non potermi resistere. Jack resiste. Anche se ci sono momenti...

Lo guardo con la coda dell'occhio. È al telefono. Guardo lo schermo: sta rivedendo il suo discorso. Comincia con: "Ho salvato Sam da una rissa al bar e lui mi ha invitato a giocare a *Grand Theft Auto*. Okay, non c'era una rissa".

Lui mi dà un'occhiata. «Non leggerlo.»

«Bell'inizio.»

«Pensavo sarebbe stato più interessante di dire che Sam si è trasferito nell'appartamento davanti al mio.»

«Gli piacerà.»

Poco dopo, gli sposi si siedono. La wedding planner porta un microfono a Jack, annunciando che è arrivato il momento del discorso. Lui si alza e picchietta la forchetta sul bicchiere per attirare l'attenzione.

Nella sala scende il silenzio. Do un'occhiata a Sam, che sta già sorridendo.

Jack gli sorrise e poi si rivolge alla sala. «Allora, la prima volta in cui ho incontrato Sam, l'ho salvato da una rissa al bar e lui mi ha invitato a giocare a *Grand Theft Auto*.»

Alcuni ridono, altri sembrano sorpresi.

«Okay, non c'è stata nessuna rissa al bar.» Jack indica Sam. «Guardatelo, nessuno si metterebbe a fare casino con lui.»

Sam fa mostra di flettere i bicipiti, non che siano granché. È lungo e snello, quasi un geek. Alison si mette a ridere.

Jack continua. «Sam e io ci siamo trovati subito bene insieme. E voi potrete pensare: "Che cos'hanno in comune?".

Lui ha una laurea prestigiosa, lavora in una società tecnologica al top come capo sviluppatore per i siti web. In pratica, un vero e proprio geek. Parole sue.» Sorride. «Io lavoro in edilizia. Si riduce tutto a questo: a Sam piacciono i miei scherzi, anche quando è lui il bersaglio. Ha un gran senso dell'umorismo, è un mago ai videogame, è una volpe quando si tratta di rimorchiare al bar...» Jack muove la mano nel gesto che significa così-così che fa ridere tutti. Jack sorride. «Ed è un fan sfegatato degli Yankees.» Si china sul microfono. «Ho appena descritto un perfetto romanzo tra uomini. Otto anni. Un'unione decisa in cielo.»

E ridono tutti. Jack aspetta che scemino le risate e guarda direttamente Alison. «Ma poi ha incontrato la donna destinata a lui. Alison, Sam è pazzo di te. Un giorno ed è finito tutto. Bam, andato.» Si rivolge nuovamente agli invitati. «Grazie al cielo, per tutti noi, è stato lo stesso anche per lei. Facciamo un brindisi.» Alza la sua flûte di campagne e si rivolge alla felice coppia. «Vi auguro tutto il bene del mondo mentre cominciate la vostra vita insieme, anche se ci state abbandonando per i sobborghi e un mucchio di mini-Sam e mini-Alison.»

Alison si mette le mani intorno la bocca, come un megafono. «Brooklyn per sempre!» Il suo ristorante è lì.

Jack sorride, guardandoli con affetto. «Congratulazioni, Sam e Alison.»

Tutti si uniscono al brindisi e si congratulano.

Jack si rimette seduto accanto a me, sospirando di sollievo. Gli stringo il braccio. Non è mai facile parlare in pubblico, anche se sei un estroverso.

Sam si alza e picchietta il suo bicchiere per attirare l'attenzione. La wedding planner si affretta a portargli il microfono. «Voglio solo dirti grazie, Jack, per quel discorso disgustosamente melenso e, adesso, per il *mio* discorso sdolcinato.» Fa una pausa e mi guarda, accennando un sorriso. Oddio. Oh, no. Parlerà di noi come coppia. Si rivolge a Jack. «So che non ero molto contento quando ho sentito la prima volta di te e Riley, e ho sempre intenzione di ucciderti se le spezzerai il cuore, ma fintanto che la tratterai bene, sono felice per entrambi. La mia sorellina e mio fratello onorario.» La voce di Sam diventa soffocata e Jack si alza immediatamente e va ad abbracciarlo.

Oddio, adesso mi metterò davvero a piangere. Sam sarà così sconvolto quando saprà che Jack e io abbiamo rotto. Darà la colpa a Jack? Causerà un solco permanente tra loro due?

Jack torna a sedersi, con le mascelle contratte, e mi sussurra all'orecchio: «Mi ucciderà quando scoprirà che ci siamo lasciati».

Gli sussurro di rimando: «Mi accerterò che sappia che è stata una decisione comune. Lascia fare a me».

Lui fissa il tavolo. «Non ho nessuno da incolpare, tranne me stesso.»

«No!» sussurro ferocemente. «Dai la colpa alla tequila.»

Jack mi rivolge un'occhiata che dice, *sei seria?*

Mi sento malissimo. Sono io quella che voleva avvicinarsi a Jack. Sam non l'avrebbe accettato in circostanze normale. Ho approfittato della pazzia di Las Vegas e per che cosa? Una falsa relazione temporanea in cui lui nemmeno mi tocca. E adesso, anche se abbiamo cercato di proteggerlo, penso che Sam ne resterà ugualmente ferito. Avrei dovuto restare nel mio campo. Jack e io non eravamo destinati a stare insieme. Siamo troppo diversi e vogliamo cose diverse.

Me ne sto a rimuginare, immersa nel senso di colpa e nel rimorso, durante tutti i brindisi, la cena e il mio ballo obbligatorio con il testimone cui sono abbinata. Poi ritorno a sedermi e rimugino ancora un po'.

Jack si siede accanto a me. «Un ultimo scherzo per augurare loro buon viaggio.»

Mi volto a guardarlo. «Non puoi far loro uno scherzo il giorno del loro matrimonio.»

«Ah no?»

Va da Sam, che è accanto ad Alison e sta parlando con alcuni parenti. Gli stringe la mano come se stesse congratulandosi con lui; poi fa lo stesso con Alison. Parlano per qualche minuto e Jack torna accanto a me proprio mentre stanno cominciando a suonare una lenta ballata.

Mi appoggia la mano callosa sulla spalla nuda, stringendola. Io mi scaldo immediatamente. «Dai, balliamo. Tutti gli accoppiati stanno riempiendo la pista. Si aspettano che lo facciamo anche noi.» Mi alzo. Non è proprio l'invito più romantico, ma è stato così accomodante finora che non posso veramente lamentarmi. Gli prendo la mano e mi porta sulla pista.

Mi passa il braccio intorno alla vita quando ci arriviamo, tirandomi vicina, e prendendomi la mano con la sua. Sento il calore che irradia attraverso la sua camicia bianca. Ha lasciato la giacca dello smoking appesa allo schienale della sedia. Gli metto la mano libera sulla spalla, sentendomi improvvisamente caldissima e fremente. Non mi aspettavo un valzer formale, ma non mi aspettavo nemmeno che mi tenesse così vicina. Jack mi guida in un lento ondeggiare, talmente lento che tanto varrebbe restare fermi, abbracciati. Respiro la sua colonia speziata e l'odore mascolino, con il desiderio che si fa vivo nel mio basso ventre.

Altre coppie ci raggiungono, inclusi i miei genitori. Non posso sentirmi eccitata adesso. Accidenti, va male.

Tento di dar vita a una conversazione. «Che scherzo hai fatto?»

Jack abbassa la testa, sussurrandomi all'orecchio e devo nascondere un brivido. «Lo scoprirai con tutti gli altri.»

«È di buon gusto?»

Lui sorride. «Che cosa pensi?»

«Non ho una bella sensazione.»

Lui mi rivolge un lento sorriso sexy. «Che cosa ti darebbe una bella sensazione?»

Il suo sorriso mi dà abbastanza sicurezza da flirtare. «Essere scapestrata come te.»

«Ah sì?»

Annuisco, con le guance che vanno in fiamme.

Lui arcua le sopracciglia, con un'espressione scettica. Vorrei essere più brava a flirtare. Sono totalmente fuori dal mio elemento.

Jack si china verso il mio orecchio e la sua voce è un rombo scuro. «Allora, vorresti essere birichina, eh? Che cosa ti eccita?»

Mi guardo attorno. Almeno i miei genitori non sono vicini. In effetti non li vedo più. Forse sono andati a occuparsi di qualcosa relativo al matrimonio. Comunque ci sono un mucchio di coppie che ballano intorno a noi. Vuole che mi metta a parlare sconcio proprio qui, sulla pista da ballo? Ma so almeno come si fa a parlare sconcio? Devo cercare qualche bella frase sul Google.

«Niente da dire?» continua lui, prendendomi in giro.

«Posso risponderti più tardi?» sussurro

Lui parla piano, sempre vicino all'orecchio. «Il tuo vestito è bello largo in basso, facilissimo da sollevare se qualcuno volesse metterti la testa tra le gambe.»

Mi cedono le ginocchia. «Cosa!? *Shh!*»

Lui ridacchia. «Non posso parlare più forte e restare zitto allo stesso tempo.»

Sento una scarica di adrenalina. È proprio il tipo di eccitazione che speravo di trovare e quello che ha descritto non è propriamente fare sesso, giusto? Giusto.

«Dove? Quando?» dico senza pensare.

«C'è una stanza vuota in fondo al corridoio.» Jack si tira indietro abbastanza da osservarmi da vicino, con un'espressione completamente neutra. «Ci stai?»

I dubbi cominciano a filtrare. Non sembra eccitato come me. È la vendetta che aveva promesso per il mio scherzo? Per esempio, io ci vado e qualcuno salta fuori facendomi urlare per lo spavento? O forse mi chiuderà nella stanza. Jack è capace di tutto. Una volta ha avvitato il tavolo e le sedie della sua cucina al soffitto e ha invitato Sam a cena. Sam dice che poi Jack aveva dovuto riparare il soffitto. E tutto solo per ottenere un "te l'ho fatta!".

«Jack?»

«Sì?»

Deglutisco, imbarazzata, ma ho bisogno di saperlo. Parlo fissando direttamente il suo petto. «Tu, uhm...»

Lui mi solleva il mento, obbligandomi a guardarlo negli occhi. «Cosa?»

Sento il calore che mi invade, desiderio e imbarazzo che fanno a lotta. Non so quale dei due vincerà. «Mi stavo solo chiedendo, se tu, sai, pensi veramente a me in quel modo, perché ieri sera e questa mattina...» Mi schiarisco la voce, con le guance che scottano. «Tra l'altro, grazie per la colazione.»

Lui mi lascia andare il mento. «Prego, e che cosa stavi cercando di dire?» Non posso fare a meno di notare che sembra completamente confuso e per niente eccitato.

Sto facendo casino. O forse è lui che mi sta prendendo in giro. Sì, è la cosa più logica. Questo è proprio lui che sta cercando di farmi uno scherzo. Altrimenti perché non avrebbe fatto la sua mossa nella camera d'albergo, quando ne aveva avuto ampie opportunità? Non ha nemmeno tentato di baciarmi. Sono stata io a dar inizio al nostro unico vero bacio.

Scuoto la testa. «Niente, non importa.» Per niente al mondo uscirò da qui e andrò ad aspettarlo nella stanza in fondo al corridoio, vulnerabile a qualunque scherzo abbia in serbo per me. Si sta prendendo gioco di me e non è il caso di cascarci.

Jack mi tiene per i fianchi, con le mani grandi e sicure mentre mi studia. Quel traditore del mio corpo si scalda, ammorbidendosi sotto il suo tocco nonostante tutti i miei sforzi per rimanere impassibile. Sostengo il suo sguardo questa volta, ordinandomi di fare l'indifferente.

Jack mi sorride, con gli occhi azzurri che brillano divertiti. «Adesso sono curioso. Stai diventando rossa come un camion dei pompieri.»

Alla faccia di fare l'indifferente. «Ho solo caldo, c'è troppa gente sulla pista da ballo.»

Lui si guarda attorno e mi rendo conto di colpo che, in qualche momento mentre stavo rimuginando e cercando di capire se stesse o meno facendomi uno scherzo, Jack aveva guidato entrambi sul bordo della pista e che intorno a noi c'era un ampio spazio. In effetti, anche una relativa privacy.

Lui sogghigna. «Non eri abituata a parlare sconcio con il buon vecchio Charlie?»

Secondo voi "Tesoro, sono stanco, stai sopra tu" conta?

La musica che cambia di colpo ritmo, passando a uno più veloce, mi salva dal cedere alla folle speranza che renderà più piccante la mia vita sessuale, piuttosto spenta, lo ammetto. La pista da ballo si svuota quasi completamente, ma Jack non manca un colpo, mi prende la mano e mi trascina al centro della pista. Mi spinge in fuori, facendomi roteare e poi mi tira nuovamente contro di lui. Sono senza fiato, premuta contro la sua figura muscolosa, ancora una volta estasiata di poter esplorare qualcosa di più con lui. Non c'è nessuno qui, solo lui e io, il resto della stanza sta svanendo.

Poi, di colpo, tutti i componenti del corteo nuziali ci raggiungono sulla pista e danzano intorno a noi. Arrivano anche Sam e Alison. Ci lasciamo travolgere dalla danza. Jack sembra felice che lo abbiano raggiunto tutti e ho la mia risposta. Prima stava prendendosi gioco di me, cercando di attirarmi in una stanza con l'accenno di una promessa sessuale. Non ho più intenzione di abboccare.

Parecchi balli dopo, il DJ chiede a tutti di ritrarsi in modo che la sposa e lo sposo possano lanciare il bouquet e la giarrettiera ai prossimi fortunati che si sposeranno. Portano una sedia per la sposa, che si siede e incrocia le gambe.

Sam s'inginocchia di fianco a lei e le rialza il vestito per mostrare la giarrettiera. Solo che non c'è.

Alison si alza e indica a Sam di sedersi. S'inginocchia lei e gli rialza la gamba del pantalone, mettendo in mostra una giarrettiera blu.

Ridono tutti quando lei gliela toglie e si rialza mostrandola trionfante. Si volta e la tira come fosse una fionda verso Jack, che si abbassa e la rinvia verso un tizio single sulla pista da ballo.

Bello scherzo. Mi sposto ancora un po' di lato in modo che non ci sia la possibilità che possa prendere il bouquet.

Nessuna preoccupazione.

Alison lo tira e quello rimbalza indietro verso di lei, legato a un elastico.

Volto di colpo la testa verso Jack ed entrambi scoppiamo a ridere. Vado da lui. «L'hai preparato tu per loro, vero? Con la giarrettiera finta e l'elastico.»

«Sì, ma lasciamo credere a tutti che l'abbiamo inventato loro. È il mio regalo d'addio.» Mi mette un braccio sulla spalla. «Ce l'abbiamo fatta, Ry. Sam partirà per la sua luna di miele felice e senza rancore per me. Siamo riusciti a superare nel modo migliore possibile una situazione difficile.»

Mi appoggio al suo fianco, assorbendo con piacere la rara sensazione di essere vicina a lui. «Ancora un evento da superare. La cena di compleanno con i miei genitori. Puoi ancora rinunciare.»

«Te l'ho detto, ci sarò. Non ti lascerò sola a cercare di spiegare la mia assenza.» Sembra pensieroso per un attimo. «Quando questa storia sarà finita, sarò diventato un vero professionista di questa faccenda di essere un boyfriend.» Le mie speranze volano fino a quando aggiunge: «Non che servirà a qualcosa. Sono passato da scapolo irriducibile a marito» dice scuotendo la testa.

Faccio una risatina. «Sì, e sarai presto di nuovo uno scapolo irriducibile.»

Jack sbuffa, sollevato. «Giusto. Finalmente tutto tornerà alla normalità.»

Ora, perché sembra una prospettiva così terribile? Dovrei essere grata di tornare alla mia vita normale, dove tutto ha un senso e non devo fingere. Conosco il mio posto e non è con Jack.

6

Riley

È mercoledì, il giorno del mio compleanno e m'incontrerò al bar con un paio di colleghe di lavoro per festeggiarlo. In effetti sono le mie uniche amiche. Le amiche che avevo al college e poi all'università si sono trasferite lontano per lavoro o sono finite nei sobborghi per metter su famiglia. Io lavoro così tante ore da non avere il tempo di tenermi in contatto con nessuno. In ogni caso, non mi aspetto che Jack ricordi che l'ho invitato a unirsi a noi stasera. Non lo sento dal ricevimento per il matrimonio di Sam. *Quattro giorni fa.* Nessun messaggio, niente telefonate. Che cosa mi aspettavo, che lo scapolo vagabondo si trasformasse di colpo in un marito devoto solo perché aveva pensato che un matrimonio a Las Vegas fosse divertente? Una volta superata la cena di venerdì con i miei genitori sarà tutto finito. Non so nemmeno perché se la senta di affrontare i miei genitori visto che abbiamo comunque intenzione di porre fine a tutto. Ritengo che il vero motivo sia che, sotto il suo lato giocoso, molto al di sotto, sotto i suoi muri difensivi, batte un buon cuore. Ed è probabilmente il motivo per cui penso tanto a lui.

Devo smetterla di pensare tanto a lui.

Devo smetterla di *desiderarlo* tanto.

Devo voltare pagina. Ho ufficialmente ventisei anni, sarò presto di nuovo single e in questo c'è un certo senso di libertà. Devo concentrarmi sulle cose positive. Non sono delusa o ferita in nessun modo per via di Jack, perché significherebbe che avevo delle aspettative per una cosa che non è mai stata una relazione vera. Stavamo recitando la parte dei fidanzati. Quell'uomo non voleva nemmeno baciarmi sul serio. E non si può dire che sia timido!

Le mie amiche, Cindy e Beth, arrivano al mio cubicolo e guardano dentro, sorridendo. «Pronta, festeggiata?» chiede Cindy.

Come me, sono single e hanno più o meno la mia età. Cindy ha i capelli castano chiaro, tagliati corti che mettono in risalto i suoi lineamenti minuti. Beth è retrò, in modo chic. Ha i capelli castano scuro, lunghi fino alle spalle, con le punte all'insù, porta regolarmente maglioncini con il collo alto sotto le giacche e collane a grani grossi. Sono entrambe contabili e lavorano sodo, come me. Per noi questa è una rara uscita infrasettimanale.

Sorrido. «Pronta.» Prendo la borsa dal cassetto della mia scrivania e le seguo fuori.

Quando arriviamo nel corridoio che porta all'ascensore, Cindy mi dice: «È comodo che sia la serata delle donne al Wynn's il giorno del tuo compleanno. Drink a buon mercato e un mucchio di uomini».

«Uffa. Basta uomini» dice Beth. «Si possono ricevere solo un certo numero di messaggi "Ci stai?" prima di perdere ogni speranza. Sarebbe uno sforzo così grande portarmi fuori per un vero appuntamento?»

Premo il tasto per l'ascensore. «La maggior parte degli uomini è talmente terrorizzata da non voler nemmeno fissare un appuntamento. La metà delle volte non si fanno nemmeno vivi.»

«Ti hanno dato buca di recente?» chiede Beth.

«No, sto parlando in generale.» Non è che mi aspettassi che Jack si sarebbe ricordato che l'avevo invitato a bere qualcosa per il mio compleanno. Non gli ho nemmeno detto dove ci saremmo incontrate. Nessuna comunicazione per quattro giorni è un segnale molto chiaro: non gli interesso.

Entrano altre persone in ascensore e restiamo in silenzio. Arrivate a piano terra, seguiamo la folla nell'atrio. Le mie amiche e io prendiamo l'uscita laterale, dirette al Wynn's.

«Buon compleanno» dice una voce maschile, così vicina che, sorpresa, barcollo.

Mi riprendo e guardo gli occhi più azzurri dell'azzurro, che scintillano di buon umore. «Jack! Come hai fatto a trovarmi?»

«Mi avevi detto dove lavori, ma lo sapevo già, con Sam che si vantava continuamente di te.» Sorride e io mi sciolgo. «Sembra che ti abbia colto appena in tempo. Ti avevo mandato un messaggio per avere l'indirizzo del bar, ma mi hai ignorato.»

«Non ti ho ignorato.» Mi fermo e prendo il telefono dalla borsa. È completamente scarico. Probabilmente perché ho guardato il mio show preferito durante la pausa pranzo per tirarmi su di morale perché Jack non faceva parte nella mia vita. Ironia.

Cindy mi dà una gomitata nelle costole. «Uh, Riley, potresti presentarci questo misterioso straniero?»

Rimetto il telefono in borsa e mi volto verso Jack che è assolutamente da mangiare con una camicia blu scuro a maniche corte, jeans e mocassini neri. È qui per il mio compleanno, per me. Non mi ha dimenticato. Sento la tensione svanire e nascere una scintilla di pura felicità. Non riesco a nascondere uno stupido sorriso. Sono ridicolmente felice che sia qui per il mio compleanno.

Mi rendo conto di colpo che anche le mie amiche stanno fissando Jack.

Lui sorride, un sorriso *sono a mio agio con le donne*. «Sono Jack Rourke. Il boyfriend di Riley.»

«Cosa?» dicono Beth e Cindy all'unisono.

«Non hai mai detto una parola» mi dice Beth, guardandomi con gli occhi sgranati.

«Quando è successo?» chiede Cindy.

«Non ne abbiamo parlato per... alcune ragioni» dice Jack.

«Vi dispiace se mi unisco a voi per festeggiare il compleanno di Riley?» Jack curva le labbra in un sorriso irresistibile.

«Assolutamente» dice Cindy, sognante.

«Certo» mormora Beth, un po' senza fiato.

Le mie amiche mi danno un'occhiata eloquente e io alzo le spalle. Non volevo spiegare tutto in ufficio. Il fatto che mi sia lasciata trasportare a Las Vegas non sembra professionale. Inoltre, so che è una cosa temporanea. Comunque, sono lieta che sia qui.

Usciamo. Cindy e Beth, in testa, stanno sussurrando tra di loro. Probabilmente parlando di Jack e perché non ho detto bah riguardo a lui. In effetti, non pensavo che si sarebbe fatto vivo.

Il bar non è lontano, solo un paio di isolati. Rallento e metto al corrente Jack. «Non ho parlato a nessuno in ufficio della nostra pazzia di Vegas. Non sarebbe sembrato professionale.»

«Niente di grave.»

«Non ero sicura che saresti venuto. Non ti sento dalla cerimonia.»

«Sono stato occupato.»

Benservito classico. «Sì, capisco. Anch'io.»

«No, davvero. Ricordi che ho parlato ai tuoi genitori del fatto che volevo diventare un capo progetto? Bene, domenica mi sono visto con Dylan, il maggiore dei miei fratelli e c'è voluto un po' per convincerlo che ero serio, ma alla fine abbiamo definito una linea temporale per arrivarci. Comincerò come capo cantiere lunedì – era il suo lavoro prima che diventasse l'amministratore delegato – per cominciare a farmi un'idea del quadro generale di un progetto, non solo la mia parte. Sono stato veramente preso. C'è molto di più da imparare adesso che ci siamo buttati sullo sviluppo immobiliare. I progetti sono su larga scala, coinvolgono soggetti nella comunità, il nostro ramo filantropico, la costruzione vera e propria e tutto quello che significa in tema di personale, permessi e ispezioni.»

«Splendido. Sono contenta per te.»

«Non mi sembri contenta.»

So che mi sto mettendo da sola sulla strada di avere una delusione, ma l'avrebbe ucciso mandarmi un solo piccolo messaggio in quattro giorni? Poi mi dico che Jack non mi deve niente e che ha veramente tentato di fare del suo meglio. E oggi ha mandato un messaggio.

«Scusa» dico. «Sto ancora cercando di capire come sono arrivata ad avere ventisei anni.»

Lui mi dà un colpetto al braccio. «Ooh, sei così vecchia. Aspetta di avere trent'anni e diventerai grigia tutto d'un colpo, rughe e pelle cadente dappertutto.»

Mi metto a ridere. «Tu hai trent'anni.»

Lui apre comicamente la bocca. «Davvero? Quando è successa questa atrocità?»

Scuoto la testa, sorridendo.

Lui si ferma di colpo sul marciapiede. «Aspetta. Ho un regalo di compleanno per te.»

Sento il cuore che batte forte guardandolo frugarsi in tasca. È un gioiello? «Non dovevi...»

Le mie amiche continuano a camminare verso il bar e io le lascio andare avanti. Le raggiungeremo dopo.

«Certo che dovevo.» Abbassa la testa, con la voce che romba vicino al mio orecchio. «È il compleanno di mia moglie.» Sento un brivido d'eccitazione.

Jack fa un passo indietro e prende una vite dalla tasca, porgendomela. «No, aspetta, non è questa.» Poi prende un elastico. «No.» Lo rimette in tasca e tira fuori la mano vuota. Mi rivolge un sorriso sghembo, fanciullesco. «Sono io.»

Gli sorrido. «Oh, bene. È un bel regalo anche questo.»

Lui si china più vicino e a me manca il fiato. «Ah, davvero?»

«Sì, ovviamente mi piaci.» Le mie guance cominciano a scottare.

«Perché arrossisci?» Abbassa la voce. «È ovvio che ci piacciamo a vicenda, altrimenti non ci saremmo mai sposati a Las Vegas.»

Io agito una mano, fingendo indifferenza. Mi sembra che mi abbiano tolto un peso dalle spalle. «Non so perché sto arrossendo. Non sono abituata a flirtare o fare niente del genere.»

Lui mi prende la nuca e mi bacia sulla guancia. «Il vero regalo che ti ho preso è un mattone sul marciapiede che porta al nostro nuovo campo giochi. Avrà inciso il tuo nome, quindi avrai il tuo pezzetto di posterità nel nostro primo progetto di sviluppo.»

Lo fisso, sbalordita. «Che regalo meraviglioso! Grazie!»

Cindy e Beth si voltano. Devo averlo detto a voce troppo alta.

«Che cosa ti ha regalato?» grida Beth.

Le raggiungiamo.

«Che cos'è il regalo?» chiede Cindy.

«Come vi siete conosciuti?» chiede Beth con la voce acuta

Jack si volta a guardarmi.

Non posso fare a meno di sorridergli. «Mi ha preso un mattone con inciso il mio nome per un progetto che sta costruendo.» È un regalo veramente unico.

«Come hai fatto a conoscere un costruttore?» chiede Beth, esaminando Jack. È difficile non notare i suoi bicipiti potenti sotto le maniche corte e gli avambracci muscolosi. Inoltre, è stupendo... dappertutto.

«È il miglior amico di Sam» dico.

Beth resta a bocca aperta. Poi: «Quello sexy di cui Sam diceva che non...» Si schiaffa la mano sulla bocca.

Jack sorride e si volta verso di me. «Quello sexy? È così che mi descrivevi alle tue amiche?»

«Sta pensando a Rick» dico freddamente e poi rovino tutto arrossendo. Rick è il coinquilino di Sam.

Jack esplode in una risata. «Rick è un tipo a posto, ma arrivare a definirlo sexy...» Si rivolge a Cindy e Beth. «Che altro diceva di me?» Loro mi guardano e io scuoto la testa. Ho descritto Jack come "da mangiare", "sesso personificato" e, ehm, "zuccherino". Sanno anche che Sam mi aveva detto di restare alla larga da lui, a causa della sua reputazione.

Beth sorride. «Credo di aver bisogno di qualche drink.»

«Tranquilla, arriveranno.»

Beth arrossisce, guarda Cindy e ridacchiano entrambe, affrettandosi verso il bar.

Sento una fitta di possessività per il mio temporaneo marito. Mantengo calma la voce. «Capisco perché non ti limiti a una sola donna. Non ce n'è motivo quando cascano tutte ai tuoi piedi.»

Lui mi mette un braccio sulle spalle e dice sottovoce: «Quello succedeva prima che ci sposassimo».

Mi dico di non cercare di leggere qualcosa nelle sue parole. È un dongiovanni. Flirterebbe con chiunque. «Sì, giusto. Parlando di quello. Penso che potremmo occuparcene lunedì mattina.»

«Stavo pensando la stessa cosa. Abbiamo la cena con i genitori venerdì e poi ce ne occuperemo appena aprono. Lascerò a te come informare i tuoi genitori che è finita.»

«Li informerò dopo, appena possibile.»

«Probabilmente si sentiranno sollevati.»

Sì, ma io no. Diavolo, che casino. «Non c'è bisogno che tu venga venerdì. Posso dire loro che ci siamo separati senza che tu debba affrontarli di nuovo.»

«Non ho intenzione di lasciarti nei pasticci. Mi prendo la responsabilità delle mie azioni, anche quando vanno storte. Specialmente quando vanno storte.» Un angolo della sua bocca si alza. «Anche se finora non era mai successo in modo così eclatante. Di solito è solo per divertirmi.»

«Ti chiedo scusa in anticipo per tutto il non-divertimento di venerdì.»

«Almeno abbiamo stasera.»

«Venite» grida Beth, tenendo aperta la porta del bar e indicandoci di sbrigarci. «Jack mi ha promesso un drink.»

«È la serata delle donne!» dice Cindy. «E tu sei il nostro uomo!»

Dovrò condividere Jack stasera e non riesco a fare a meno di pensare che preferirei non doverlo fare.

~

Jack

Non sapevo che sarei stato l'unico uomo questa sera. Pensavo che ci sarebbe stato un bel gruppo dei colleghi di Riley. Comunque non è un problema. Le sue amiche sembrano affascinate da me. È come se non avessero mai incontrato un costruttore edile così da vicino prima d'ora. Tanto che mi hanno chiesto di flettere i miei muscoli e mostrare loro le mani callose. Sono come una razza rara a paragone dei tizi cui sono abituate, incollati ai loro computer tutto il giorno. Io incontro donne di tutti i tipi nella scena di rimorchio dei bar di Williamsburg, dalle nerd tecnologiche (più che altro colleghe di Sam) alle parrucchiere. Non m'interessa che cosa fanno. Cerco l'attrazione fisica perché significa passare dei bei momenti ed è tutto ciò che ho mai voluto.

Guardo la festeggiata. Sta facendo il broncio, ma cercando di nasconderlo. È fottutamente adorabile. Non le piace che le sue amiche facciano tutte quelle scene per me. Siamo seduti a un tavolino alto nella zona del bar, con le sue amiche sedute di fronte a noi. Una volta bevuto un drink, le due hanno cominciato a occhieggiarmi vistosamente. Probabilmente è servito che dicessi loro che avrei offerto io il primo giro. Mi occuperò del conto alla fine, sarà una sorpresa. Non so perché, ma mi piace sorprendere la gente. Probabilmente è ciò che mi ha spinto a cominciare con gli scherzi, sapere qualcosa che gli altri non sanno e poi rivelarglielo. Sono un po' contorto.

Stringo la spalla di Riley, dedicando un po' di attenzione anche a lei. Le sue guance si tingono di rosa come tutte le volte che la tocco. Questa è chimica. Sono veramente contento di avere un cuscinetto stasera. Renderà più facile resisterle. Indossa una blusa color crema con un disegno di catene dorate, legata lenta al collo con un fiocco. Mi piacerebbe veramente dare una tirata a quel fiocco e aprire quella blusa così decorosa. Sì, la sto svestendo mentalmente. È consentito in una situazione di matrimonio temporaneo, purché resti un esercizio mentale. L'annullamento non è mai molto lontano dai miei pensieri.

Beth scola il suo secondo martini e mi guarda vogliosa. «Hai fratelli single, colleghi o amici proprio come te? Cioè, molto sexy.»

Molto specifica. Stringo le labbra per non sorridere.

Riley s'inalbera. «Perché non chiedergli direttamene di uscire con te, proprio davanti a me?»

«Non gli ho chiesto di uscire con me» dice Beth, lanciandomi un'occhiata imbarazzata. Si china sul tavolino, sussurrando a Riley, abbastanza forte da farsi sentire da tutti: «Calmati ragazza. È ovvio che gli piaci tu. È tutta la sera che ti tocca».

Riley si china in avanti e sussurra ferocemente: «Non è vero».

Non è *tutta* la sera. Solo per un'ora circa.

Beth sbuffa. «Tirata di capelli, colpetto sul braccio, stretta di spalla. Svegliati, Riley. Tu potrai anche non sapere come chiamarlo, ma è chiaro che gli piaci.» Si rivolge a Cindy: «E non aveva detto prima che è il suo boyfriend?».

Cindy annuisce solennemente.

Bevo un sorso della mia birra e guardo lo spettacolo. Riley si zittisce immediatamente, beve un sorso di vino con le guance che diventano rosa carico.

Riley mi ha sempre incuriosito, ma ho mantenuto le distanze per ordine di Sam. Adesso che la conosco meglio, sono ancora più affascinato. C'è qualcosa di così seducente in una donna abbottonata, specialmente ora che ho intravisto il suo lato più divertente e più aperto in privato. Mi ha perfino fatto uno scherzo. Mi chiedo se sono io che esalto quel lato divertente. È un po' sul chi vive con le sue amiche, ovviamente potrebbe essere solo perché mi stanno guardando come se fossi un pasticcino da quando sono arrivato. Come adesso. La discrezione non è il loro lato migliore.

Rivolgo il più affascinante dei miei sorrisi alle sue amiche, è bello avere un fan club. «In risposta alla tua domanda, Beth, non troverai nessuno come me, ma ho dei fratelli single.»

«Ooh» esclamano Beth e Cindy all'unisono.

«I nomi, per favore» dice Beth, prendendo una penna e un piccolo taccuino dalla borsa.

«Connor, Brendan e Beast... uffa, Garrett. Lo chiamiamo Beast perché ha troppi muscoli.»

Lei appoggia il taccuino. «Io prendo Beast.»

«Beast va bene anche a me» dice entusiasticamente Cindy.

Riley svuota il suo bicchiere di vino.

Beth si morde il labbro inferiore e dà un'occhiata a Cindy prima di rivolgersi a me. «Gli piacciono le ragazze normali?»

Gonfio il petto. Pensano che sia super sexy e che sarebbe difficile per loro competere per qualcuno equivalente. Fottutamente adorabili queste contabili. Così franche.

Mi chino sul tavolo. «Venite qui, vi dirò un segreto.» Si chinano entrambe sul tavolo e lo fa anche Riley. «Non siete ragazze normali. Siete il pacchetto completo: intelligenti e carine e qualunque uomo sarebbe fortunato di uscire con voi.»

«Aww!» dicono Cindy e Beth all'unisono.

Riley sbuffa.

Mi volto verso di lei. «Anche tu.»

Lei mi guarda storto.

Maledizione, è difficile far contente tre donne contemporaneamente. Accarezzo la schiena di Riley. Lei non mi spinge via la mano.

«Sfortunatamente, Beast ha solo ventitré anni e non è pronto a sistemarsi. Brendan è ancora peggiore di me, intendo dire super casuale. Cioè, prima che incontrassi Ry.» Faccio una pausa quando esclamano nuovamente "Aww" e guardo Riley. I suoi occhi sono pieni d'affetto e forse anche un po' speranzosi e questo rende caloroso anche me. Torno alle sue amiche. «E Connor, beh, lui è un tipo riservato, silenzioso.»

Beth scrive il suo numero su un foglietto. «Di' a Brendan di chiamarmi se vuole venire a bere qualcosa,»

Cindy sospira. «Avrei scelto anch'io lui. Incontro abbastanza tipi silenziosi e tranquilli al lavoro e alle conferenze. No-io-si. Se volessi sentirmi parlare, andrei a casa e parlerei col mio gatto.»

«Non ti piacerebbe che Jack avesse un gemello identico?» sospira Beth, parlando a Cindy. Poi ridacchiano insieme.

Do un'occhiata a Riley che sta fissando il suo bicchiere

vuoto e cerca di non fare il broncio per tutta l'attenzione che mi stanno dedicando le sue amiche. Chi lo sapeva che sarei stato così popolare nel giro delle contabili? Devo incrementare il fattore divertimento per la festeggiata. «Ehi, signore, che ne dite di un club? Cole's non è lontano da qui. È situato in una ex-banca e il bar è nel vecchio caveau.»

Le donne si scambiano delle occhiate, una comunicazione silenziosa rapidissima che va avanti e indietro tra di loro. Non riesco a capire dove cadrà la loro decisione sul club finché non avranno ripreso a parlare.

Cindy mette qualche banconota sul tavolo. «In effetti, devo studiare. Devo ancora passare la quarta parte dell'esame da commercialista.»

Le restituisco i contanti. «Offro io.»

Cindy sorride, con gli occhi dolci. «Grazie, Jack.»

«Grazie, Jack» dice anche Beth, battendo il mio pugno. «Sei forte!» Dà un'occhiata a Riley. «Vado a casa anch'io.»

Entrambe le donne si avvicinano e abbracciano Riley, sussurrandole qualcosa.

«Signore» dico e tendo loro la mano. Entrambe la stringono saldamente, sorridendo.

Mi rivolgo a Riley quando escono. «Sembra che siamo rimasti solo noi due. Vuoi andare in un club?»

Le brillano gli occhi quando annuisce. La Riley divertente vuole uscire a giocare. «Andiamo.»

Faccio un segno al cameriere e pago il conto. Finalmente comincia il festeggiamento del compleanno, parte seconda.

L'accompagno fuori dal bar, con una mano sulla schiena e aprendole la porta. Una volta fuori dico: «Visto che siamo solo noi due, conosco un posto migliore dove andare a Chelsea. Ha un bar sul tetto con una magnifica vista della città. C'è musica e si può ballare anche lì».

«Mi sembra perfetto» mi risponde con un sorriso radioso. Il primo che vedo da quando l'ho sorpresa nella lobby quando sono arrivato. È felice di avermi tutto per sé.

Le sorrido anch'io. È maledettamente bello essere adorati.

7

Riley

Non ero arrabbiata con le mie amiche. Solo un po' irritata. So che stavano cercando solo di essere amichevoli con Jack. Okay. Mi faceva incavolare il modo in cui lo guardavano e come sbavavano per lui, ma adesso che siamo solo Jack e io nel bar panoramico mi sento molto più rilassata. C'è una leggera brezza in questa calda sera di giugno, le luci sono basse e c'è un ritmo techno che pulsa nell'aria. Pensavo che sarebbe stato vuoto di mercoledì, ma sembra che, in una bella serata, sia il posto che tutti preferiscono invece della sala da ballo un piano più sotto. Il profilo della città è magnifico, tutto illuminato di notte. Lo abbiamo ammirato appena arrivati, godendoci lo spettacolo dell'Empire State Building e di tutti gli edifici fino al fiume Hudson.

Ora sto bevendo lentamente un margarita fragole e spezie da venti dollari, seduta su un divanetto blu accanto a Jack. Ci sono delle piante intorno a noi che lo fanno sembrare un posto privato. Jack ha preso una birra. È solo la seconda questa sera perché non vuole andare a lavorare domani mattina con il mal di testa. Come mi ha spiegato, sarebbe veramente pericoloso quando si lavora con utensili elettrici. Non vado mai a lavorare nemmeno io con i sintomi di un dopo sbronza, ma, se lo facessi, al massimo potrei fare un errore matematico, che troverei con l'ultimo controllo. Ah-ah. La vita rischiosa di una contabile.

Mi slaccio i primi bottoni della blusa e sciolgo il fiocco, sentendomi così rilassata. Jack guarda la pelle ora esposta. Pensa che stia cercando di sedurlo? Funzionerebbe? «Fa un po' caldo» dico.

Lui mi sorride brevemente. «Nessun reclamo da parte mia. Adesso sembri più rilassata. Ti piace qui?»

«È bello.»

«Vuoi ballare?»

C'è un bel gruppetto di gente che rimbalza in giro al ritmo beat a poca distanza.

«Sì, dopo il mio drink» dico, sollevandolo e bevendo un piccolo sorso.

«Le tue amiche sono carine.»

«Sono il pacchetto completo, giusto?» Sono ancora un po' incavolata per quella frase. Mi ha incluso solo in un secondo tempo. Detesto essere gelosa. Io non sono mai gelosa. Ovviamente, non ho mai avuto un boyfriend che le altre donne ammirassero tanto. Cioè, Jack è favoloso e sexy, dai capelli scuri scompigliati agli occhi del più azzurro degli azzurri, alla barba curata e ai muscoli spettacolosi, ma non è solo sexy. È gentile e premuroso e... Mi ha regalato un mattone. *Oddio, l'ho presa veramente brutta. Sdilinquirmi per un mattone.*

Jack mi dà una tiratina di capelli. «Sei così carina quando fai il broncio.»

«Non sto facendo il broncio.»

«Uh-uh.»

Bevo un sorso di margarita per farmi coraggio, poi un altro, prima di appoggiare il bicchiere. «Ti piaccio?» La mia voce esce in un sussurro soffocato.

Jack si porta una mano a coppa intorno all'orecchio. «Cosa?»

«Non importa.» Riprendo a trangugiare il mio margarita.

Jack appoggia la sua birra sul tavolino di fronte a noi. «Dimmelo.» Mi fa segno di avvicinarmi e china la testa un po' come se stesse ascoltando con attenzione.

Io fisso il suo profilo, la linea della mandibola squadrata e sento il bisogno prepotente di tracciarla con un dito.

Lui si sposta per guardarmi in faccia. «Sei diventata timida di colpo? Troppo tardi. Ho visto le tua mutande da nonna.»

«Cosa?»

Fa un gesto indifferente. «Quando eri accanto al condizionatore nella stanza d'albergo, aspettando che ti infilassi i cubetti di ghiaccio nel vestito, la brezza del condizionatore d'aria mi ha permesso di dare una sbirciata.»

Le mie guance sono in fiamme. «Non indosso mutande da nonna.»

«Okay, va bene. Ho visto le tue pratiche, comode mutandine bianche. Adesso dimmi che cosa avevi detto.»

Come faccio a chiedergli se gli piaccio adesso che so che pensa che indosso mutande da nonna? Sono normali mutande di cotone. Probabilmente è abituato a slippini striminziti o ai perizoma. Stasera indosso le mie mutandine nere, come sempre con i pantaloni neri. Le mutandine di cotone nero sono sexy?

No. Sono sempre mutande da nonna. Decisamente non gli piaccio. Ha avuto un sacco di occasioni per dar inizio a qualcosa e non ha fatto assolutamente niente. Un uomo che provasse qualcosa tenterebbe almeno di avere un bacio, no? Potremmo comunque avere un annullamento dopo una bollente sessione di non-sesso. Ho solo bisogno di qualcosa. Trovo sempre più difficile resistergli ma non voglio buttarmi tra le sue braccia solo per essere respinta. Sarebbe orribile. Vorrei essere più brava a flirtare. Io dico le cose come stanno e adesso siamo in un territorio realmente imbarazzante e sensibile. Territorio mutande da nonna.

Sento che mi sta fissando. Devo cambiare in fretta argomento, solo che ho il pensiero fisso che Jack ha potuto dare un'occhiata alle mie mutande e ha pensato che fossero pratiche. Non sexy. Pratiche. Uffa! Sono così imbarazzata. *Dimenticatelo! Dimenticatelo e basta! Non succederà mai.*

Mi gratto il collo. «Potremmo parlare d'altro?»

Le sue labbra si aprono in un sorriso. «Rossore rivelatore. Mi avevi chiesto qualcosa di sconcio prima?»

«No!» protesto, un po' troppo rumorosamente. E un margarita da venti dollari se n'è andato, in un solo lungo sorso rinfrescante. Appoggio il bicchiere sul tavolo accanto al suo di birra, ancora quasi pieno.

«Ehi, a me sta bene. Niente che non abbia già sentito prima.»

Beve un sorso di birra, spavaldo come sempre. Naturale che lo sia! È stato con un mucchio di donne con gli slippini succinti. Probabilmente non indossano nemmeno le mutandine. Stringo i denti.

«Che c'è?»

«Niente.»

Jack appoggia il bicchiere. «Adesso sei arrabbiata. Come fai a essere arrabbiata se non so nemmeno che cosa mi hai chiesto?»

«Non era importante.» Non sono sconvolta. Non lo sapeva... Ah! «Jack!» Mi ha tirato sulle sue ginocchia.

Le sue braccia mi avvolgono in un caldo abbraccio e io mi sciolgo. Non mi sono mai sciolta per un uomo prima d'ora e questa è la seconda volta stasera. «Non ti lascerò andare finché non mi dirai qual era la domanda così importante che ti ha agitato tanto.»

«Non sono mutande da nonna» dico, parlando al suo petto. *Smettila di parlare di mutande!*

«Okay, sono mutande pratiche, da Riley.»

Alzo la testa e sta sorridendo. «Mi stai prendendo in giro.»

«È quello che faccio sempre.»

Non so se sia l'alcol nel margarita che agisce di colpo o il fatto di essere tra le sue braccia, a fissare i suoi intensi occhi azzurri, ma la verità mi esce di bocca prima di riuscire a fermarla. «Volevo solo sapere se ti piaccio, cioè, *in quel modo*. Sai, quando non stai nuotando nella tequila.»

«Ry» dice lui gentilmente.

Alzo la testa, facendomi forza. Lo so. Non sono il suo solito tipo. Lui potrebbe avere chiunque. «Sii sincero. Posso sopportarlo.»

La sua espressione si addolcisce, la voce diventa roca. «Perché me lo stai chiedendo?»

Deglutisco il groppo che sento in gola e fisso diritto davanti a me. «Perché sembra che l'attrazione sia a senso unico, ma a volte no, e mi sento stupida adesso perché sono seduta sulle tue ginocchia.» Alzo le mani e gli colpisco per sbaglio il braccio. «Scusa!»

«Va tutto bene. Continua.»

Mi torco le mani. «Ci siamo solo baciati una volta, un bacio vero, voglio dire, e beh, vorrei di più. Penso che potremmo tranquillamente baciarci e ottenere lo stesso l'annullamento.» Mi arrischio ad alzare la testa e guardarlo. «Se ti piacessi.»

Lui mi rimette sul divanetto accanto a lui e mi stringo più forte le mani in grembo, fissandole. Immagino di sapere che cosa significa...

Jack mi alza il mento con un dito. «Sei pazza? Sei il pacchetto completo, cervello, un corpo sexy da morire e anche un bel senso dell'umorismo. Importantissimo per un burlone come me.»

Mi sento invadere da una botta di caldo. *Un corpo sexy da morire? Non l'ho mai sentito prima.* Ha definito carine le mie amiche, non sexy da morire. Gli uomini al massimo mi hanno chiamato graziosa. *E adesso? Devo darmi una mossa? Fare qualcosa?*

«Uhm, okay, bene» mormoro e poi aggiungo un po' più forte. «Grazie mille.» Resto seduta lì, sorridendo, un po' intontita dai drink e per il fatto di essermi resa conto che l'uomo più favoloso che abbia mai incontrato pensa che sia sexy da morire. L'ha detto veramente!

«Parlami dei tuoi ragazzi» dice Jack senza preamboli.

Resto a bocca aperta. Immagino sia un buon segno che voglia saperlo, anche se devo dire che io non voglio sapere niente delle sue ragazze. Sam dice che non durano; è come una parata di donne sempre nuove. Vorrei non trovarlo così affascinante perché so che sto rischiando un cuore infranto, ma sembra che non riesca a fermarmi. Mi piace sul serio.

«Charlie» dice, invitandomi a continuare.

«Sì. Sono stata con lui per due anni. È finita in modo amichevole. Lui ha trovato un lavoro a Chicago, quindi ci siamo lasciati. Più che altro ho frequentato colleghi contabili incontrati al college o all'università. Qualche relazione seria, nessuna duratura, ovviamente.» *Sono pronta per qualcuno di diverso.* Lo tengo per me, sperando che lo capisca senza che lo dica, visto che sto con lui. Beh, quasi.

«Io non ho mai avuto qualcuno di serio in vita mia.»

«Lo so. Parlami della tua famiglia. La faccenda della famiglia reale è proprio forte.»

Lui sorride. «Chi sapeva che la ragionevole Riley Walsh sognasse in segreto di essere una principessa?»

«Sì, sì. Parlamene e basta. Com'è far parte di una famiglia reale?»

Mi parla della sua famiglia, ed è veramente interessante perché è cresciuto qui, ha avuto una vita normale, ma c'è tutto quell'altro ramo della sua famiglia che vive in un palazzo nell'isola di Villroy al largo della costa sud-occidentale della Francia. Suo padre avrebbe dovuto diventare il re ma aveva abdicato per sposare la madre borghese di Jack, "la migliore donna al mondo". Sono le esatte parole di suo padre che Jack e i suoi fratelli ripetono sempre. È chiaro che sono molto legati, mi piace. Anch'io sono molto legata alla mia famiglia. Peccato che i miei genitori disapprovino Jack.

Parliamo a lungo, seduti uno accanto all'altro sul morbido divanetto, guardando la skyline di Manhattan. Jack finisce la sua birra e si alza, tendendomi la mano. «Balliamo.»

Gli prendo la mano e mi guida sulla pista da ballo, facendosi strada fino al centro della folla. È divertente ballare con Jack. È sicuro di sé e ha un buon ritmo, ma non mi tocca per niente. In effetti, sembra che stia cercando di restarmi ancora più lontano. È come un metaforico colpo di frusta. Prima sono una donna sexy che si tira in grembo e adesso sto praticamente ballando da sola.

Dopo due bicchieri di vino e un margarita, sono abbastanza rilassata da tentare di ballare in modo un po' più sexy, sperando di attirarlo più vicino. Mi passo le mani lungo i fianchi, ondulando il corpo. E poi succede qualcosa di sorprendente...

Un altro uomo balla dietro di me, vicinissimo, attirato dalla mia danza sexy.

Spalanco gli occhi. Non mi è mai successo prima su una pista da ballo. Beh, c'è stata quella volta a Las Vegas con Jack, ma è successo solo quella volta e lo conoscevo. Non so che fare in una circostanza così bizzarra, ma poi Jack rende tutto più facile, prendendomi la mano e tirandomi contro di lui, finché sono appiccicata a lui.

Mi mette le braccia intorno alla vita e dice seccamente, sopra la mia spalla: «Lei è con me».

Sento la gioia esplodere segretamente in petto. «Sono con lui» dichiaro.

Jack lascia cadere le braccia, ma non si sposta. «Se n'è andato.»

«Geloso?» chiedo con un sorriso, alzando le braccia e ballando vicino al suo corpo sexy.

«Proprio come eri gelosa tu quando le tue amiche mi mangiavano con gli occhi.»

«Non è vero.»

Jack mi mette la mano sulla schiena e fa scivolare una gamba tra le mie, e il ballo diventa un lento strofinarsi. Una fitta di desiderio mi fa venire le ginocchia molli.

Jack ha gli occhi semichiusi, la voce arrochita. «Mi volevi tutto per te.»

E poi non ci sono più parole. Solo i suoi occhi che fissano brucianti i miei, la mano che scotta attraverso il tessuto sottile della mia blusa e i nostri corpi che si muovono a un ritmo che è sensuale e promette di più.

Balliamo finché è ora di chiudere il locale, a mezzanotte, e ci buttano fuori.

Jack mi prende per mano. «Ti accompagno a casa.»

«Perfetto!» cinguetto. Non posso fare a meno di pensare che signifIchi qualcosa il fatto che voglia accompagnarmi a casa. La notte continuerà. Mi sembra di aver avuto un round di preliminari sulla pista da ballo. Lo inviterò per una tazza di caffè o forse lo inviterò semplicemente a entrare. Capirà che cosa significa. La mia coinquilina starà dormendo in soggiorno. La mia compagna di stanza fa il turno di notte e questo significa che avrò la stanza tutta per me. È un letto singolo, però. Non fa niente, lo faremo funzionare. Jack è grosso, ma purché non rotoli giù...

«A che cosa stai pensando con tanta intensità?» mi chiede.

Mi rendo conto di colpo che siamo sul marciapiede fuori dal locale e non ricordo assolutamente come ci siamo arrivati. Non riesco a trovare un modo per spiegargli i miei lussuriosi pensieri logistici. Arrossisco.

«Di nuovo pensieri sconci?» mi chiede con un sorriso impertinente.

«No. Stavo solo pensando. Il mio appartamento non è lontano dal mio ufficio.»

«Andremo in taxi fin lì e poi prenderò la metropolitana fino alla Grand Central.»

Cerco disperatamente un modo per suggerirgli di restare questa notte. Ma deve andare a lavorare a Brooklyn domani mattina. Potrei suggerire che resti per un po'. Sfortunatamente, l'alcol non è più in circolo e non mi sento audace come prima. C'era qualcosa di così intimo nel fatto di essere vicino a lui in quel locale, lontani dal rumore e dalla folla della città.

Qualche minuto dopo, siamo in un taxi, diretti al mio appartamento. Jack mi prende la mano e le mie speranze volano di nuovo. Non è *obbligato* a tenermi per mano quando siamo solo noi due.

«È stato un bel compleanno?» mi chiede a voce bassa.

«Sì. Grazie per essere venuto. E per il meraviglioso regalo! Quel mattone inciso con il mio nome è veramente un'idea favolosa.»

Lui mi rivolge un sorriso, con i denti che scintillano bianchi contro la barba scura. «Prego. Sono contento di aver scelto bene.»

Gli appoggio la testa sulla spalla. «Sì.»

Jack resta in silenzio quindi immagino che non gli dispiaccia che mi sia appoggiata a lui. Chiudo gli occhi, rilassata e anche un po' assonnata.

Mi metto diritta di colpo quando mi dà un colpetto.

«Sembra che siamo arrivati.»

Prendo la borsa per pagare il taxi.

«Già fatto» dice. «Andiamo.»

Mi sento stringere il cuore. È così dolce il modo in cui ha voluto pagare tutto lui per il mio compleanno. Come fosse un appuntamento. Ho un buon stipendio, quindi non è un problema per me pagare. L'unico motivo per cui ho due coinquiline è che gli affitti a Manhattan sono ridicolmente alti.

Appena mi raggiunge sul marciapiede, gli dico: «Grazie, Jack. È stato il più bel compleanno di sempre».

«Wow, che complimento. Il migliore *di sempre*. Sono stati i drink o ballare?»

Gli sorrido. «Sei stato tu. Vieni, sono al terzo piano.»

Apro il portone con la chiave e lo precedo sulle scale. Lui mi segue in silenzio. Una volta arrivati, mi dirigo in fondo al corridoio e mi fermo. «Io abito qui. Vuoi entrare?»

«Grazie, ma no. È tardi.» Mi dà un buffetto sotto il mento. Detesto quando lo fa, come se fossi la sorellina di Sam. «Buona notte.»

Mi chino verso di lui, alzandomi in punta di piedi per rendergli le cose più facili. «È stata una serata meravigliosa, grazie a te.»

Lui mi bacia sulla guancia. «Bene.»

Stringo gli occhi, scocciata da morire. «Mi baci come se fossi la sorellina del tuo amico.»

Lui diventa serio. «Ti bacio come la donna con cui otterrò un annullamento lunedì mattina. Niente sesso.»

«Un bacio non è fare sesso.»

«Un bacio porta al sesso.»

«Non sempre. Potrebbe essere solo un bacio. Un bellissimo bacio di compleanno.»

Lui scuote la testa. «Con te e me porterebbe a molto di più. Fidati.»

Mi metto una mano sul fianco. «Sei incredibilmente sicuro di te.» *Per favore, abbocca.*

Lui fa un passo indietro, alzando le mani come per tenermi lontana. «Non ho intenzione di mettere alla prova la teoria. Meglio evitare la tentazione. Sono impulsivo. Come pensi che siamo finiti in questo impiccio?»

Alzo il mento. «Forse sono stata io quella impulsiva.»

«No, è colpa mia.»

Cerco un'altra strada perché questo bisogno di avvicinarmi a lui è aumentato a dismisura dalla prima volta in cui abbiamo ballato a Las Vegas e ha detto che ho un corpo da sballo. *Lo tento*. Dovrebbe almeno volermi baciare. «Lascia che ti chieda una cosa: durante il ricevimento per il matrimonio di Sam, ti sei offerto di portarmi in una stanza privata e mettere la testa sotto il mio vestito. Perché offrirlo e adesso non volermi nemmeno dare un bacio della buonanotte decente?»

I suoi occhi si fissano bollenti sui miei, la voce è roca. «Quello era uno scherzo. Volevo vedere come avresti reagito, perché ero sicuro che saresti arrossita come una pomodoro e ti saresti agitata. Molto divertente.»

Mi lecco le labbra. «Quindi ti stavi prendendo gioco di me.»

«Sì.» La sua voce è sempre più roca.

«E se avessi accettato?»

Jack deglutisce, abbastanza forte da sentirlo. «Allora avrei dovuto andare fino in fondo. Si chiama integrità. Si deve fare quello che si dice. Ma tu non hai accettato, quindi...» colpetto di tosse, «... uhm, di nuovo, buona notte.»

«Accetto l'offerta qui e adesso, come speciale regalo di compleanno.»

Jack resta a bocca aperta, poi parla in fretta. «Niente da fare. Non hai un abito coi volant cui infilarmi sotto, tecnicamente è passata mezzanotte, quindi non è più il tuo compleanno e l'offerta è scaduta quattro giorni fa.»

«Pfui» dico e prendo la chiave dalla borsa. «Coniglio.» Sento una tensione improvvisa nell'aria e lo guardo negli occhi che scintillano. Mi manca il fiato.

Poi mi sbalordisce, inchiodandomi improvvisamente contro la parete con il suo corpo e baciandomi tanto da farmi mancare il fiato. La sua bocca è possessiva, appassionata, incalzante. Mi piace. Sento il desiderio crescere a ondate dentro di me, e mi lascia con le ginocchia molli. Jack si stacca bruscamente e io resto lì, appoggiata al muro, stordita. Ho il corpo che vibra per tutto quello che mi ha fatto provare.

Lui raccoglie le chiavi da dov'erano cadute dalla mia mano floscia, apre la porta e poi mi prende la mano, mettendoci le chiavi e spingendomi dentro. «Notte, Riley» dice con la voce rauca.

Io entro, con le gambe che tremano. «Notte.»

Mi appoggio contro la porta chiusa per un momento, appoggiando le dita sulle labbra che formicolano ancora. Voglio di più.

Mi volto e apro la porta. «Jack?»

Il corridoio è vuoto. Rientro, demoralizzata ma anche decisa. Lo vedrò venerdì per la cena con i miei genitori. In qualche modo riuscirò a farmi invitare a casa sua. E quello non sarà il gesto di una donna disperatamente eccitata. Sarà il privilegio di una moglie.

Ed è la mia ultima chance.

                                   8
                            ____

Jack

Allora, è il mio ultimo giorno da marito, probabilmente per molto tempo e mi sento stranamente nostalgico. Come se fosse quasi una bella sensazione avere una moglie, anche se ci siamo solo baciati qualche volta e nient'altro. Non lo so. Forse è vedere i miei fratelli maggiori così felici con le loro donne che mi fa pensare che l'impegno non è una corda intorno al collo, come pensavo di solito. Il maggiore, Dylan, è sposato e ha un bambino in arrivo ed è così maledettamente felice tutto il tempo da non riuscire a smettere di fischiettare. Anche Sean è pazzo della sua donna. Non ci vorrà molto prima che ci troviamo tutti al suo matrimonio. E poi c'è Sam. Lo so che ho sempre detto che è diventato una femminuccia, e lo è veramente, ma la verità è che non è mai stato così felice. Vuole solo stare con Alison, tutto il tempo. Una volta pensavo che fosse patetico, ma adesso mi trovo nella scomoda posizione di sentire la mancanza di Riley quando non siamo insieme.

Le ho mandato un messaggio ieri. Non avevo mai mandato un messaggio a una donna il giorno dopo averla vista. È un segnale troppo forte. Ma, dopo quel bacio della buonanotte, ho sentito di aver bisogno di dirle qualcosa. In pratica l'avevo baciata ed ero scappato. Quindi le ho scritto:

Ehi, non vedo l'ora del compleanno parte seconda. Mi era sembrato abbastanza disinvolto e non ci avevo messo un'ora per inventarmelo. Diavolo, sono nei guai. Non è che abbia veramente voglia di cenare con i suoi genitori. Voglio solo vederla di nuovo.

Ci troviamo alla fermata della metropolitana accanto al ristorante di Alison, a Brooklyn. Riley indossa una blusa rosa, gonna nera aderente e tacchi alti neri, orecchini e collana di perle e ha la valigetta appesa a una spalla. Sexy moglie aziendale. Moglie temporanea, mi ridico. Non è che un tipo come lei, con la sua laurea prestigiosa e un lavoro in una grande società vorrebbe veramente essere sposata a qualcuno come me. Lei è collana di perle e giacche, e io... no. Non lo sarò mai. Sono il tipo che arriva a casa coperto di sudore e sporcizia dopo una giornata di duro lavoro. Alla fine, lei vorrà un colletto bianco con un sostanzioso stipendio. Ho stasera, ed è tutto.

«Ehi» dico, decidendo per un poco impegnativo bacio sulla guancia. Lei si sposta e mi bacia sulle labbra. Sento una scossa, proprio come l'ultima volta in cui ci siamo baciati... e tutte le altre volte. Niente da dire sulla chimica tra di noi.

Lei sorride, un sorriso segreto e sexy che dice che ricorda molto bene il nostro ultimo bacio. L'ha rivissuto nella mente tutte le volte in cui ci ho pensato io? «Salve.»

Le prendo la valigetta. «La cena è alle sette, vero? Vuoi andare a bere qualcosa da qualche altra parte prima?»

«In effetti i miei genitori mi hanno mandando un messaggio per dirmi che sono arrivati in anticipo. Alla mamma hanno cancellato un appuntamento, quindi è venuta direttamente. Mio padre lavora da casa, quindi la sua agenda è flessibile. È un consulente per società tecnologiche.»

«La tua famiglia è portata per i numeri. Tua madre e tu macinate numeri, Sam e tuo padre hanno tutti quegli zero e uno che scorrono veloci.»

Lei ride. «Sì, papà dice sempre che i computer si riducono tutti a zero e uno. Codice binario.»

«Lo dice anche Sam, e adesso so da chi l'ha preso. Andiamo, allora.»

Ci dirigiamo verso il ristorante e sto pensando di chiederle di restare dopo la cena. Solo per qualche drink. Non ho intenzione di fare niente di stupido, come invitarla nel mio appartamento. Voglio solo passare un po' più di tempo con lei, prima che tutto svanisca lunedì con un po' di scartoffie.

«È veramente bello rivederti» dico.

Lei sorride calorosamente. «Anche per me.»

«Forse dopo...» mi fermo quando mani morbide mi coprono gli occhi da dietro.

«Indovina chi è?» chiede una voce femminile.

Mi tolgo le mani dagli occhi e mi volto. È una bionda, piccolina e francamente non ricordo il suo nome. Ricordo una notte l'estate scorsa. La sua canottiera che mostrava l'ombelico con un piercing. Proprio come quella che indossa adesso. «Ehi, come va?»

Lei mi guarda da sotto le ciglia. «Dimmi che non hai dimenticato come mi chiamo, proprio come hai dimenticato di chiamarmi. Ragazzaccio.»

Dico spesso che chiamerò e non lo faccio, immaginando che farà arrivare il messaggio che è finita, senza addii incasinati. Sento gli occhi di Riley che mi bucano il lato della testa. «Scusami, sono veramente pessimo con i nomi. Questa è la mia ragazza, Riley.»

«Davvero?» chiede la bionda. «Hai una ragazza? Una vera ragazza fissa?»

«Dobbiamo andare» dico, afferrando la mano di Riley e continuando a camminare verso il ristorante.

«Non è più sul mercato» dice Riley in tono allegro, voltando la testa. «Spargi la voce!»

Sento il calore che si espande nel petto. È stato carino. Mi sta rivendicando.

Riley si mette a ridere. «Dovrebbe rallentarti un po'.» Forse stava solo prendendomi in giro.

«Lo farebbe anche la mia fede nuziale.» Alla sua occhiataccia aggiungo: «Sto scherzando, non tradirei mai mia moglie».

«Sono sicura che la tua futura moglie lo apprezzerà, chiunque sia.»

Le do un'occhiata, cercando di leggere la sua espressione. Il suo tono è leggero, ma l'espressione è identica a quella della sera in cui siamo usciti con le sue amiche, quasi un broncio. È gelosa di come-diavolo-si-chiamava? Riley mi vorrebbe veramente per sé? Non per una botta e via, ma proprio come un compagno. In quel caso, magari potremmo rimandare la rottura. Nessuno dice che non potremmo frequentarci dopo l'annullamento, no? Ma è Riley, la sorellina di Sam e questo significa fare sul serio o scordarmelo. Non posso scherzare questa volta, prendendo le cose alla leggera.

«Come sta andando il lavoro di capo cantiere?»

«Benissimo, in realtà. Adoro comandare tutti.»

Lei sorride. «Puoi ancora scherzare con tutti, ora che sei il capo?»

«Diavolo, sì, solo che adesso *sono obbligati* a ridere» dico ammiccando. «È scortese non baciare il culo al capo.»

Riley scoppia a ridere.

«Come va il tuo lavoro?»

Lei mi guarda alzando le sopracciglia. «Vuoi veramente saperlo?»

«Sì.»

E poi mi mette al corrente sulla fine del trimestre e di tutte le dichiarazioni che devono fare. Quest'anno va meglio per lei perché la festività del Quattro Luglio cade di mercoledì, quindi ci sono due giorni di vacanza a metà settimana e ha preso un giorno di ferie il venerdì. Poi il lavoro si accumulerà. Penso immediatamente a che cosa potremmo fare il quattro di luglio perché non lavoro nemmeno io e poi ricordo che mi aspettano dai miei per il barbecue e non posso portare Riley con me. Non ho mai portato a casa una ragazza e la cosa assumerebbe troppa importanza. Inoltre, per allora saremo già separati.

Mi cadono le spalle. Non voglio fare sul serio, ma non voglio nemmeno che finisca. Non so che cosa fare, esattamente. Continuo a rimuginare sul problema e su tutte le complicazioni e i potenziali pericoli, mentre Riley mi parla dei suoi clienti più esigenti. Cerco di dire uh-uh a intervalli regolari.

Arriviamo al ristorante e Riley mi sorride. «Sei un ottimo ascoltatore.»

Mi sento in colpa, tanto da non riuscire a sorriderle. «Grazie.» Le apro la porta ed entriamo.

I suoi genitori sono a un tavolo in fondo, già con un bicchiere in mano. Suo padre si alza e ci chiama a voce alta. «Siamo qui!»

Il posto non è così grande da doverlo annunciare così rumorosamente. Riley arrossisce mettendosi i capelli dietro l'orecchio prima di andare verso di loro. Abbraccia i suoi genitori e io stringo loro la mano. Suo padre mi sorride. Sembra essere di buon umore. Sua madre è più riservata. Solo un sorriso tirato.

«Sedetevi» dice sua madre. «È bello rivedervi.»

«Grazie» dice Riley, sedendosi.

Mi siedo accanto a lei, davanti ai suoi genitori. «Sono lieto di rivedervi anch'io.»

«Buone notizie, oggi» dice suo padre. «Ho un nuovo cliente. Uno grosso.»

«Congratulazioni!» dice Riley.

Suo padre ci racconta del grosso cliente che è riuscito ad agganciare. Decisamente non eravamo io e Riley a metterlo di buon umore. La conversazione scorre fluida tra loro tre e io resto lì, sperando solo di non dover rispondere a domande troppo difficile sulla relazione.

Siamo a metà della cena quando sua madre mi parla direttamene. «Jack, ho sentito che i tuoi genitori vivono vicino e mi chiedevo se potessimo incontrarli.»

Il mio cuore manca un battito. Diavolo no! Impossibile. Non avevo preso in considerazione questo scenario.

«Perché?» esclama Riley.

Sua madre sospira. «Se tu e Jack fate sul serio mi piacerebbe sapere chi sono i suoi.»

Riley si siede eretta. «La sua gente viene da una famiglia reale, mamma.»

«Sì, l'ho sentito» dice sua madre in tono asciutto. «Mi interessa molto conoscerli. La famiglia dice moltissimo di una persona.»

Riley si mordicchia il labbro e mi dà una veloce occhiata che sembra quasi colpevole. Ha detto qualcosa ai suoi genitori sulla mia famiglia? Ha vuotato il sacco sul nostro matrimonio a Las Vegas, facendo giurare ai suoi genitori di mantenere il segreto? È questo il motivo per cui vogliono conoscere "la mia gente"? Qui c'è qualcosa che non va.

Sento il sudore che cola lungo la spina dorsale. La mia famiglia non deve sapere. Questo matrimonio avrebbe dovuto sparire come se non fosse mai successo.

Suo padre sorride allegro. «Forse potremmo incontrarci da qualche parte dopo cena.»

«Sono fuori» dico immediatamente. «Il venerdì sera è la loro sera per uscire.» I miei genitori non hanno una sera fissa per uscire da quando noi ragazzi siamo cresciuti e siamo usciti di casa. Escono quando vogliono. Ma sembra giusto. Non ho idea se siano a casa o no.

Riley ha la fronte aggrottata come quando sta pensando seriamente. Sta cercando di trovare una via d'uscita a questa visita genitoriale, proprio come me.

Suo padre tenta di nuovo. «Beh, allora, sono invitati alla festa di bentornati per Sam e Alison a casa nostra.» Mi dà un'occhiata. «Sarà un buon momento per tutti noi di metterci seduti e conoscerci meglio.»

Mi sforzo di non guardare Riley. Non sapevo della festa di bentornati a casa e non so nemmeno quando sarà, so solo che non posso andarci. E di sicuro non i miei genitori. Sto per dire che stanno per partire quando finalmente Riley si intromette. «Domenica è il giorno in cui la famiglia di Jack si riunisce per la loro cena di famiglia, quindi la vostra festa di benvenuto non andrebbe bene per la sua famiglia. O Jack. Io comunque ci sarò.» Sembra plausibile.

«Allora che ne dite del Quattro Luglio?» chiede suo padre. «Potrei fare io la griglia, sono tutti benvenuti. La piscina è aperta.»

«Ho già preso un impegno per un altro barbecue per il quattro» dico. Ed è la verità, grazie al cielo. Francamente non mi piace mentire ai genitori di Riley.

«E io sarò con lui» dice Riley, autoinvitandosi.

Poi mi rendo conto che lo sta solo dicendo e che non posso comunque presentarla ai miei genitori. Ci sarebbero delle conseguenze. Lunedì finirà tutto. Il quattro è due giorni dopo.

Sarebbe così brutto rimandare tutto di un paio di giorni?

Sua madre stringe le labbra. «Beh, Jack, quando sarà opportuno, per favore fai sapere ai tuoi genitori che ci piacerebbe conoscerli.»

«Sì, signora.»

Riley mi stringe la mano sotto il tavolo.

«Parlaci di te» dice sua madre. «Tutto ciò che abbiamo sentito da Sam è che sei un mattacchione e che fai continuamente scherzi. Ma chi sei per nostra figlia?»

Riley si irrigidisce. «Mamma, per favore, non metterlo sotto torchio.»

Sua madre si inalbera. «Non vorrai un clown come boyfriend. Mi piacerebbe sapere se c'è qualcosa di più in lui. Sto veramente cercando di avere una mentalità aperta, Riley.»

«Non è un clown!» protesta Riley.

Non voglio che litighino per me. Ci è sfuggito tutto di mano.

«Io sono un mattacchione» confermo. «A Las Vegas ci siamo lasciati trasportare e in qualche modo la cosa si è ingigantita diventando questa relazione seria, più un modo per placare Sam che non una vera relazione. Riley e io avevamo già concordato di dividerci molto presto, solo non volevamo turbare Sam. C'era in atto il codice dei fratelli, ma adesso lui è in luna di miele, e...» la mia voce si spezza per un momento e la schiarisco prima di continuare piano, «... e io uscirò di scena molto presto.»

Tutti e tre mi fissano, sbalorditi. Sua madre si rivolge al marito. «Codice dei fratelli?»

«Te lo spiegherò dopo.»

Mi rivolgo a Riley. C'è dolore nei suoi occhi. «Non significa che non mi piaccia stare con te. Mi piaci, e molto.» Sento il calore salirmi sul collo. «E ti rispetto, ovviamente» aggiungo, a beneficio dei suoi genitori, perché mi ero quasi lasciato sfuggire quanto è sexy e divertente. Con me, almeno.

Chiudo la bocca e fisso un punto sulla parete oltre la spalla di suo padre. Devo andarmene adesso?

«Quindi è finita» dice sua madre.

Fisso Riley negli occhi. Non voglio che finisca. «Non ancora» dico, facendo marcia indietro. «Era quello il piano, ma...» Smetto di parlare, sperando che Riley colga il messaggio. *Ancora un po'.*

Riley sorride. «Jack e io abbiamo intenzione di parlarci e vedere dove possiamo arrivare.»

I suoi genitori si scambiano un'occhiata piena di confusione.

Respiro. Mi ha concesso una proroga. Cerco di non pensare troppo a che cosa significhi per il futuro. Tutto quello che m'interessa è che potrò stare con la donna più meravigliosa, intelligente e sexy che abbia mai incontrato. E non è una cosa su cui potrei mai scherzare.

La cena finisce in fretta dopo la mia sconclusionata confessione. Appena finito di mangiare, i suoi genitori dicono che devono tornare a casa. Sembrano perplessi e non completamente soddisfatti della piega che hanno preso gli eventi. Anch'io. Perché voglio più tempo con Riley, anche se significa restare sposati un po' più a lungo senza fare sesso. È un bel casino, vero?

Le prendo la mano. «Vuoi venire a casa mia? Dobbiamo parlare.» È lei quella che ha detto che avremmo parlato per vedere dove ci avrebbe portato. Non so se questo significa che mi sto impegnando a restare sposato o no. Mi vengono i sudori freddi al pensiero.

«Certo.»

«Immagino di essere andato un po' oltre, confessando tutta quella roba ai tuoi genitori.»

«Va tutto bene. Ti hanno messo alle strette, cercando di conoscere i tuoi genitori. Stavi sudando. Sapevo che avresti ceduto.»

Espiro rumorosamente. «Era così ovvio?»

Lei sorride ed è un sorriso così brillante e dolce che non riesco a non sorriderle anch'io. «Non riusciresti mai a sopportare un interrogatorio.»

«E sono riuscito a non confessare un mucchio di scherzi. Immagino che la mia famiglia sia il mio tallone d'Achille. Quando hanno coinvolto la mia famiglia, ho dovuto cercare di limitare i danni.»

«È carino. È ovvio che sono veramente importanti per te.»

«Sì» borbotto. Vorrei chiederle se è d'accordo di rimandare l'annullamento per un po'. Il fatto è che andiamo veramente d'accordo nonostante siamo così diversi. E poi mi rendo conto che sembra che io voglia restare sposato, e non è vero. E sono sicuro che lei non si veda con me a lungo termine. Non so quale sarà il prossimo passo. Solo non voglio che finisca. Mi piace stare con lei, mi piace conoscerla un po' di più giorno dopo giorno, mi piace vedere il suo sorriso brillante, vederla arrossire, mi piacciono i suoi completi morigerati e seri. Mi piace semplicemente lei. È così strano perché di solito il sesso per me è l'inizio e la fine delle cose, ma con Riley ci siamo solo baciati. Non so che cosa mi attiri tanto di lei, ma c'è qualcosa. Forse non fare subito sesso mi ha dato la possibilità di conoscere una donna come non avevo mai fatto prima. Forse è perché è stata off-limits per tanto tempo. Forse è solo lei. Tutto ciò che so di sicuro è che, qualunque sia il motivo, voglio veramente stare con lei e solo con lei. Ehi, magari sono veramente materiale da compagno serio. Beh, in effetti sono suo marito.

«Pensi che i tuoi genitori mi detestino?» le chiedo. Non so perché m'importi, ma è così.

«No. Credo che siano solo confusi e mia madre è un po' critica nei confronti di qualcuno che scherza molto. Non è roba per lei. Io penso che sia divertente.»

Stringo le labbra. La prima volta veramente importante e ho già cominciato con il piede sbagliato.

Riley mi stringe la mano. «Non preoccuparti per loro.»

Qualche minuto dopo arriviamo a casa mia. La faccio entrare e saliamo al secondo piano, le apro la porta e le indico di andare avanti. Un po' in ritardo, ispeziono il soggiorno, sperando che non sia una zona disastrata. Niente scatole vuote di pizza. Solo qualche indumento lasciato in giro. Prendo una felpa e le scarpe da basket e vado a metterle nell'armadio in camera mia, buttandole dentro.

Torno in soggiorno e la trovo seduta sul mio divano di pelle marrone scuro. Ci sono pochi mobili. Solo un divano, una chaise longue, un tavolino e una TV montata sulla parete.

Mi strofino le mani sudate. «Posso prenderti qualcosa da bere?»

Lei si alza. «Certo.»

«Te lo prendo io.» So per certo che la cucina è un disastro, con il lavandino pieno di piatti. «Acqua, birra o latte?»

Riley sorride. «Acqua per me.»

«Due bottiglie d'acqua in arrivo.» Dio, sembro un nerd.

Scappo in cucina. È la conversazione che dovremmo avere. Non so come chiederle più tempo senza darle l'idea che voglia veramente restare sposato. Non che lei accetterebbe mai un vero matrimonio con me. Non è reale. È solo un avanzo di souvenir di Las Vegas.

Solo che sembra molto più di un souvenir. Lei è speciale, diversa e intrigante. Sexy in quel modo serio, dolce ma non troppo, un buon senso dell'umorismo. Le piacciono perfino gli scherzi. Un buon senso dell'umorismo per me è fondamentale. Mi piace divertirmi. Non prendo niente troppo sul serio, incluso me stesso.

Mi rendo conto che sono in piedi davanti al lavello della cucina da troppo tempo e mi do mentalmente uno scossone. Prendo due bottigliette d'acqua dal frigo e torno in soggiorno.

Riley mi sorride. «Stavo per venire lì per vedere se avevi bisogno di aiuto.»

«La cucina è un disastro» dico, porgendole la bottiglia.

«Ha reso difficile trovare le bottiglie d'acqua?» mi chiede in tono scherzoso.

Mi lascio cadere accanto a lei e appoggio la mia bottiglia sul tavolino. «Dobbiamo parlare della relazione.» Quasi emetto un gemito. Non riesco a credere di averlo detto.

«Okay» dice, appoggiando anche lei la bottiglia. «Parla.»

Mi suda di colpo la fronte. Una piccola parte di me

sperava che lei si sarebbe buttata e che io avrei semplicemente potuto dirmi d'accordo o in disaccordo con qualunque cosa dicesse. Da dove comincio? Annullamento? Matrimonio? Frequentarci? Ci stiamo frequentando? Che cosa diavolo è questa cosa tra di noi?

«C'è una certa chimica tra di noi» è tutto quello che riesco a dire.

Lei si avvicina, premendo la gamba contro di me. Mi cade le sguardo sull'orlo della sua gonna, che è risalito. «Sì, confesso che continuo a ripensare a quei favolosi baci della buonanotte che mi hai dato.»

«Okay, allora, è insieme un bene e un male.»

Lei mi guarda da sotto le ciglia, chiedendomi: «Perché è un male?». Sembra che stia facendo le fusa.

Sento il desiderio che si scatena. La voglio sotto di me, voglio il mio nome sulle sue labbra. Uso ogni grammo di forza di volontà per smettere di guardarla e appoggio i gomiti sulle ginocchia. È una tortura. Perché voglio prolungare questo matrimonio che non può essere consumato? Dovrei porvi fine lunedì, come eravamo d'accordo.

Ma è venerdì sera. Abbiamo il fine settimana, no? Il problema è che ci sarà l'annullamento solo se non faremo sesso. Come farebbero a saperlo in tribunale? Non riesco a credere di non aver considerato questa cosa fin dall'inizio. Non possono dimostrare se abbiamo o non abbiamo fatto sesso.

Torno a guardarla. «Dobbiamo firmare qualche documento legale che dice che il matrimonio non è stato consumato per poter avere l'annullamento?»

Riley si morde il labbro e distoglie lo sguardo.

Provo una fitta di disagio. «Riley?»

«Allora, c'è qualcosa che non ho menzionato prima perché non sapevo come l'avresti presa, ma adesso che mancano solo un paio di giorni all'approvazione dell'annullamento, immagino che dovrei parlartene.»

«Immagini?»

Lei si avvolge una ciocca di capelli sul dito. «Mi sembra giusto.»

Sono seduto sul bordo del divano. «Che cos'è?»

«Il modo di far annullare un matrimonio è dire che non è stato consumato. Una mia amica mi ha raccontato tutti i...» tossicchia «...i dettagli intimi. Lei ci è passata due volte, in tribunale a New York e con la chiesa cattolica.»

«Non ho intenzione di passarci due volte. Mi basta il tribunale.»

«Sono d'accordo.» Aggrotta la fronte come fa quando sta pensando. «Mi sono appena resa conto che la mia amica si era sposata a New York e aveva chiesto qui l'annullamento. Mi chiedo se ci siano regole diverse quando ci si sposa a Las Vegas ma si risiede a New York. Forse dovrei cercarlo su Google.»

Sta prendendo tempo. «Concentrati! Qual è la parte di cui non mi hai parlato prima?»

Lei annuisce una volta. «Il modo di far annullare un matrimonio è dichiarare che non è stato consumato. Penso che ci siano alcuni altri modi, minorità, costrizione e roba simile, ma per noi sarebbe...» si ferma e fa una smorfia.

«Sputa il rospo.»

«La non consumazione perché sei impotente.»

Balzo fuori dal divano, mettendo tutta la distanza possibile tra le sue parole e me. Niente da fare!

Cammino avanti e indietro nella stanza. «No. Mi rifiuto. Non firmerò niente che dica che sono...» gesticolo furiosamente, «... quello!» Se pronunciassi quella parola, potrebbe restarmi appiccicata. Mi fermo. «Resta nei documenti legali per sempre? Certo che sì. Avresti potuto menzionarlo prima! Gesù.» Riprendo a camminare, con tutte le conseguenze che mi rimbalzano nel cervello. Porca vacca. *Non* voglio che quell'etichetta mi segua dappertutto. Impotente! Il più basso dei colpi per il mio orgoglio virile.

Non riesco a crederci! Mi sono torturato per settimane, cercando di non toccarla in modo da poter avere questo fottuto annullamento, per risparmiare alla mia famiglia il dolore del mio stupido errore e adesso scopro questa *cosa* orribile.

Mi fermo e mi passo la mano tra i capelli. Adesso non posso ottenere un annullamento!

Vado direttamente alla porta e corro dabbasso.

«Jack!» urla Riley. «Dove stai andando?»

Mi fermo. Dove sto andando? Sentivo il bisogno di muovermi. Come se, non facendolo, potessi esplodere. Alzo le mani, sconfitto. «Non lo so!»

Lei mi fa segno di tornare dentro.

Torno di sopra e le passo accanto per rientrare, sentendomi un idiota. «Avevo innescato l'autopilota, non stavo pensando razionalmente.»

Lei è in piedi in mezzo al soggiorno e mi guarda incuriosita.

«Okay, ascolta, non possiamo avere un annullamento. Niente da fare.»

«Significa che adesso possiamo fare sesso?»

Mi fermo, con la domanda sospesa nell'aria. È ciò che significa? Ma significherebbe che saremmo ancora sposati. Posso accettarlo? Ho il cuore che martella, l'adrenalina che scorre. È un grande passo, ma... forse lei lo sta prendendo in considerazione, quindi dovrei farlo anch'io. «Andiamo d'accordo» dico lentamente. «A Sam sta bene che stiamo insieme, purché sia una cosa seria. E non c'è niente di più serio del matrimonio.»

Lei si avvicina, con i fianchi che ondeggiano nella gonna aderente. Ho la bocca secca. La desidero così fottutamente tanto.

Non pensare con il tuo uccello! Distolgo lo sguardo. «Non so come reagirebbero i tuoi genitori o i miei, ma se... Non lo so.» Sbuffo. «Non avevo mai pensato di sposarmi così presto.» Prendo in considerazione per un attimo di fare sesso con lei e poi divorziare in fretta, ma poi non potrei più stare con lei e mi sembra una perdita troppo grossa. Lo sto veramente facendo? Sento il sudore che scende lungo la spina dorsale, il petto e la fronte. *Tira fuori le palle!*

Mi volto verso di lei e faccio un respiro profondo. «Tu vuoi restare sposata?»

Lei accenna un sorriso, si avvicina e mi tiene entrambe le

mani «Jack, non ho mai visto nessuno sudare in quel modo, e tutto per un matrimonio che non hai mai voluto.»

«Beh, forse...»

«Jack» dice gentilmente. Fa un respiro profondo ed esita, con gli occhi fissi nei miei.

Mi faccio forza. Sta per andarsene. Sapevo che qualcuno come lei non avrebbe mai veramente voluto essere sposata a qualcuno come me. Non c'è speranza. Non posso cambiare chi sono e lei non può cambiare chi è. Siamo solo due persone molto diverse. «Dillo e basta.»

«In effetti non ci siamo mai veramente sposati.»

9

Jack

Resto a bocca aperta a quella bomba. «Cosa? E gli anelli e il velo da sposa?»

Lei ritira le mani. «Avevamo l'intenzione di farlo. Abbiamo comprato gli anelli e il velo, siamo andati alla cappella, ma poi mi hai tirato fuori dalla porta prima che pronunciassimo i voti. Hai detto che era ora di fare la luna di miele. Quella parte mi eccitava. Ad ogni modo, non è mai stato ufficiale.»

«Cavolo, non riesco a crederci!»

Riley alza le mani. «Jack, mi hai parlato tanto quella sera di tutti gli scherzi divertenti che avevi fatto che ho pensato che sarebbe stato spassoso farne uno a te. Non ho mai pensato che sarebbe durato tanto. Prima che potessi dirti che era uno scherzo, Sam si è presentato alla porta e poi tu gli hai detto che facevamo sul serio, così ho pensato: "Okay, una setti-mana. Arriveremo fino al matrimonio di Sam, così resterà ignaro e contento, ecco tutto. Nessuno si farà male".»

«Nessuno si farà male!» ripeto, incredulo. «Chi altro lo sapeva?» Mi sento travolgere dall'umiliazione, mi scottano le guance. Io che stavo veramente prendendo le cose sul serio per una volta nella mia vita mentre tutti ridevano alle mie spalle.

«Nessuno sapeva del matrimonio, eccetto noi, lo giuro. Era solo un piccolo scherzo che speravo avresti apprezzato più tardi.» Davanti al mio silenzio di tomba, aggiunge: «E tu avresti ricordato che non ci eravamo mai sposati se non avessi bevuto tanta tequila».

Mi ficco le mani tra i capelli. «È il peggior scherzo di sempre!»

Lei arretra di un passo. «Volevo solo stare con te per un po' perché sembravi così spiritoso. Ma Sam era sempre così contrario. Mi era sembrato l'unico modo per ottenere un po' di tempo insieme a te, poi tutto si è ingigantito, come hai detto tu prima.» Si torce le mani. «Se ci pensi un attimo, vedrai che è la migliore conclusione possibile. Non abbiamo bisogno di un annullamento o di un divorzio. E Jack, ora che ti ho conosciuto meglio, mi piaci perfino di più. E spero che tu sia bravo ad accettare gli scherzi come a farli.»

La guardo storto. Questo *non* è uno scherzo divertente.

«Hai battuto il mio pugno quando ti ho fatto uno scherzo. Ricordi? Quando ti ho rubato tutti gli asciugamani e i vestiti. Hai detto che rispettavi uno scherzo. Quindi forse...»

«Questo è completamente diverso!»

Riley mi fissa mentre si toglie le scarpe con un calcio. «Spero veramente che tu possa accettare quello che servi agli altri.» Porta una mano dietro la gonna, abbassa la cerniera e la lascia cadere sul pavimento. Indossa uno straccetto di pizzo. Non mutande da nonna. C'è un delicato, piccolo triangolo davanti e sottili laccetti sui lati che si romperebbero tirandoli.

«Le ho prese per te» dice dolcemente, con le dita che accarezzano il pizzo davanti, toccandosi.

Il mio uccello traditore diventa duro come la roccia. Mi colpiscono tre cose insieme: sono ancora arrabbiato; rispetto uno scherzo, anche se non mi piace; possiamo fare sesso. Quest'ultima è l'unica cosa che m'interessa.

Afferro Riley e la butto sopra una spalla. Lei squittisce e poi resta zitta mentre le accarezzo il bel sedere. Questa notte è mia e non ho intenzione di frenarmi. Non è un delicato fiorellino. Stasera l'ha dimostrato senza alcun dubbio. È subdola, calcolatrice, e tutto per quel momento "te l'ho fatta", solo per divertirsi. Come me.

Potrei aver incontrato la donna perfetta per me.

E sono troppo eccitato per preoccuparmi di che cosa potrebbe significare.

∼

Riley

Non credo di aver mai veramente capito quant'è forte Jack finché non mi getta sulla spalla come se non pesassi niente. Il pavimento sembra molto lontano e il sangue corre verso la testa. Mi accarezza il sedere, facendomi pulsare. Ho perso il potere della parola.

Jack chiude la porta dietro di noi con un calcio e mi rimette in piedi. Mi gira la testa per un momento, poi lo metto a fuoco: i suoi occhi azzurri bruciano nei miei, ha le mascelle contratte. È sesso arrabbiato? Ho solo fatto sesso regolare...

Il fiato esce di colpo dai miei polmoni quando mi inchioda contro la parete, con la bocca sulla mia, la lingua che entra a forza. *Sssìì*. Sapevo che avrebbe potuto essere così se avesse smesso di frenarsi. Gli metto le braccia intorno al collo e ricambio appassionatamente il bacio.

Si stacca dal mio corpo solo quel tanto che gli permette di passarmi le mani dappertutto mentre ci baciamo. Mi accarezza la gola, le spalle, le braccia, risalendo ai lati fino ad appoggiarle sul seno. Li copre con entrambe le mani, passando i pollici avanti e indietro sui capezzoli turgidi. Gemo nella sua bocca. Afferra la mia blusa per un momento, prima di aprirla, strappandola, con i bottoni che volano dappertutto, lasciandomi sbalordita. Si sposta, baciandomi e mordicchiandomi il collo.

Riesco a malapena a riprendere fiato. Di colpo il mio reggiseno è sparito e lui abbassa la testa, succhiando forte un seno mentre continua ad accarezzare l'altro, rotolando tra le dita e tirando il capezzolo. *Gesù*. La mia testa ricade all'indietro, sono persa nel piacere, ogni succhiata e ogni tirata finiscono direttamente al mio sesso che pulsa. Non sono mai stata così eccitata.

«Jack» sussurro disperatamente. Ho bisogno di lui. Adesso.

Con la bocca sulla mia, Jack infila una mano tra le mie gambe. Questa volta è lui a gemere nella mia bocca, sentendo quanto lo desidero. Io accarezzo i muscoli potenti della sua schiena, infilando le mani sotto la camicia. Voglio sentire la pelle. Jack tira i sottili laccetti con entrambe le mani, strappandoli. Sobbalzo, sorpresa. Sta letteralmente strappandomi gli indumenti di dosso.

Gli sfilo completamente la camicia dai pantaloni e lui interrompe il bacio solo per il tempo di togliersela, con gli occhi fissi nei miei mentre si abbassa la cerniera dei pantaloni. Se li toglie, insieme alle mutande. Colgo solo un breve lampo, è grosso e duro, prima che la sua bocca sia di nuovo su di me, rubandomi il fiato. Allungo la mano, accarezzando l'erezione massiccia. Jack emette un gemito e si avvolge i miei capelli intorno a una mano, tirandoli e mettendo in mostra la mia gola. La sua bocca lascia una scia bollente lungo tutta la gola, la sfiora con i denti, procurandomi brividi caldi.

Mi afferra improvvisamente per i fianchi e mi solleva contro la parete, in modo che siamo allineati. Gli avvolgo le braccia e le gambe intorno mentre si spinge lentamente dentro. La testa mi ricade all'indietro e chiudo gli occhi. Jack mi accarezza la gola con le dita.

Sembra così giusto, così sexy, così bello. Spalanco gli occhi. Abbiamo dimenticato il preservativo. «Jack!»

«Ci penso io.» Mi solleva, mi volta, mi fa piegare in avanti, spingendomi il palmo delle mani contro la parete. Mi allarga le gambe.

«Non è quello che intendevo...» Mi manca la voce quando le sue dita si tuffano tra le mie gambe, toccando e facendo piccoli cerchi. Mi cedono le ginocchia. «Jack, per favore» sussurro, quasi pregandolo. «Ho bisogno di te.»

«Sei così sexy» ringhia. «Non muoverti.»

Sento il fruscio dell'involucro di un preservativo e poi mi è di nuovo addosso, mi penetra a fondo, con le mani sopra le mie, inchiodata alla parete. Chiude la bocca sul tendine del mio collo, succhiando forte. Qualcosa in me si lascia andare, il mio corpo si ammorbidisce.

Jack dà una tiratina con i denti al lobo del mio orecchio, la sua voce è arrochita quando dice: «Ho intenzione di scoparti forte».

«P-prendimi.»

Jack spinge forte, continuando a un ritmo furioso. Mi arcuo verso di lui, ricevendolo più in fondo che posso. Non ho mai fatto sesso in questa posizione. È rude, primitiva, animalesca. Ogni spinta porta più piacere, e la pressione aumenta. Oh Dio.

Mi lascia andare le mani. Con una mi prende un seno, pizzicando il capezzolo; l'altra scende tra le gambe. L'intensità sale alle stelle mentre continua a spingersi dentro di me, con le dita che mi strofinano velocemente. Il piacere mi travolge e Jack continua, portandomi sempre più in alto. Apro la bocca, ma non ne esce suono. E poi esplodo, con il corpo che rabbrividisce sotto di lui, con l'orgasmo che mi travolge, come un'onda di marea di piacere. Mi affloscio, con le gambe che non mi reggono. Jack mi tiene contro di sé, con le mani sui fianchi, continuando con le sue spinte veloci. Io sto ansimando, mentre lui continua a prendermi e il piacere ricomincia a crescere. Preme la bocca contro il mio collo mentre spinge e poi finalmente si lascia andare, con il suo gemito che vibra contro la mia pelle.

Un lungo momento dopo, mi bacia dolcemente il collo e si tira fuori.

Mi volto a guardarlo, tremante e insicura su che cosa succederà adesso.

Le sue labbra si curvano leggermente all'insù. «Ho finalmente dimenticato che sei la sorellina di Sam.»

«Chi sono adesso?»

Mi rivolge un sorriso contrito, appoggiandomi la mano sulla guancia. «Sei solo tu.» Si volta e va in bagno.

Mi affloscio contro la parete. È una cosa da una botta e via? So che Jack non ha mai fatto sul serio ed è il motivo per cui ero così attenta a non lasciarmi coinvolgere troppo. Troppo tardi adesso. Se si tratta di una botta e via, forse me ne dovrei andare. So che sarebbe più difficile andarmene al mattino. Glielo chiederò. Se lo spaventerò, pazienza. Meglio saperlo adesso prima di lasciarmi coinvolgere ancora di più.

Appena ritorna dal bagno gli chiedo: «Allora, come chiameresti questa cosa tra di noi, adesso che abbiamo fatto sesso e non siamo sposati?». *C'è qualcosa tra di noi?*

Lui si ferma di fronte a me, scostandomi i capelli dal volto. «Tu sei *con* me.»

Cerco di mantenere un tono leggero. «Amanti? Sei il mio ragazzo fisso? Una botta e via?»

Lui sbatte le palpebre un paio di volte. «Volevi, uhm, *vuoi* essere la mia ragazza?»

Sorrido, sorpresa e felice. «Sì. Sono la tua prima ragazza?»

Lui mi prende in braccio e mi porta sul letto. «Dipende se consideri o meno le sei lunghe settimane in cui sono uscito con Lisa Bexler prima del ballo di fine anno, nella speranza di portarla a letto.»

«No.»

Jack mi deposita gentilmente al centro del letto e mi copre con il suo corpo, dandomi un lungo bacio appassionato. «Allora sei la prima. Il che significa che non puoi scorrazzare in giro con altri uomini. Sei con me.»

«E tu non puoi scorrazzare in giro con altre donne.»

«Questo è ovvio.»

«Voglio che lo dica, Jack.»

Jack mi bacia teneramente. «Ti sarò fedele, Ry. Passa la notte qui.»

Sorrido. «Okay. Sono così onorata di essere la tua prima ragazza. Tutto quello che ci è voluto è stato un finto matrimonio.»

Lui mi dà un colpetto sulla punta del naso, rotola via e si siede sul letto, appoggiato ai cuscini. «Mi vendicherò per quello scherzo incredibile. È andato oltre l'immaginabile.»

Mi sposto per sedermi accanto a lui, che mi mette un braccio sulle spalle, accarezzandomi la spalla con le dita. «Ne è valsa la pena!» dico allegramente.

Jack si sposta per guardarmi negli occhi. «Aspetta. Mi stai facendo uno scherzo adesso, dicendo che non siamo sposati per farti portare finalmente a letto? Siamo davvero sposati?»

Mi metto a ridere. «Vedi? Quando sei un burlone, la gente non sa quando prenderti sul serio.»

«Ry, in questo momento sono serio come un attacco di cuore.»

Gli passo la mano tra i capelli sulla nuca. «Non sono così subdola, lo giuro. Non ci siamo veramente mai sposati. Certo, le cose sono degenerate, ma sono contenta che sia successo perché ho avuto l'opportunità di conoscerti.»

Jack mi bacia e si risistema contro i cuscini. «Adesso che ho potuto conoscerti meglio, mi chiedo se hai fatto una lista di pro e contro su di me prima del nostro non-matrimonio di Las Vegas.»

«No, ed è la prima volta che succede.»

Jack sorride contro le mie labbra. «Vediamo quali altre prime volte riuscirò a ottenere da te.»

Il mio cuore accelera. «Ti piacciono le cose perverse?»

Lui mi bacia teneramente: «Purtroppo mi piaci solo tu».

Ho il cuore che scoppia. Mi siedo sulle sue gambe. Gli prendo la testa e tempesto di baci tutta la sua bellissima faccia.

Jack sorride, con gli occhi azzurri che scintillano divertiti, e mi appoggia le mani sui fianchi. «Immagino che ti sia piaciuto.»

«Sai da quanto tempo ho una cotta pazzesca per te?»

«Da quanto tempo?»

«Troppo tempo. Un tempo ridicolmente, imbarazzatamente, lungo. Da quando ci siamo incontrati la prima volta.»

La sua mano risale lungo il mio fianco e poi scende di nuovo. «Abbiamo parecchio da recuperare, allora, la domanda è: ti fidi di me?»

Esito. Ha detto che si sarebbe vendicato per il mio scherzo del finto matrimonio e anche lo scherzo in albergo, e non so quando succederà. La mia immaginazione impazzisce. E se mi legasse al letto e poi mi lasciasse lì? E se mi bendasse gli occhi, mi mettesse in una strana posizione e mi fotografasse in segreto?

Sono io quella con l'immaginazione perversa?

Lui apre la chiusura della mia collana di perle, me la toglie e l'appoggia sul comodino. «Hai bisogno di fare una lista dei pro e contro per questa?»

«Ti stai per vendicare per lo pseudo-matrimonio e l'incidente degli asciugamani e del vestito lavanda a volant?»

«Peggio.» Mi stende sulla schiena e mi sorride. «Ti farò implorare.» Mi lascia una scia di baci lungo la guancia e il collo.

«Oh, sì. Fammi implorare.»

Sento le sue labbra che si curvano contro il collo e chiudo gli occhi con un lieve sospiro.

Jack

È tardi. Sono stanco dopo il round numero due, ma Riley è rannicchiata contro il mio fianco e mi sta parlando al buio e sono ammaliato. Mi ha appena confessato di aver fantasticato da ragazzina su un principe sul cavallo bianco, di cui non ha mai parlato a nessuno. Sua madre è sempre stata dura con lei mentre cresceva, pretendeva sempre ottimi voti a scuola e la spingeva a prendere le cose sul serio. Era come se Riley si stesse preparando ad avere una carriera prima ancora di sapere che cosa fosse. Mi dà una sensazione di calore sentirla condividere i suoi pensieri con me e sospetto che in parte sia perché sa che sono un principe. Mezzo borghese, ma sempre un principe. Penso che desideri che faccia parte della sua fantasia romantica. Non so molto di romanticismo, ma comincio a capirla ed è già molto.

Ho superato lo shock di non essere realmente sposato. La rabbia è sparita appena me la sono messa sulla spalla e le ho accarezzato il sedere in quelle mutandine di pizzo nero che aveva comprato solo per me. Giusto, domani dovrà andare a casa senza mutandine e indossando una delle mie t-shirt. Sono stato un po' aggressivo con i suoi indumenti.

«Sostituirò la blusa e le mutandine sexy che ho strappato» lo dico.

«Dovevano piacerti veramente molto quelle mutandine. È stato così fantastico quando me le hai strappate di dosso.»

Le bacio i capelli. «Dirai che sono pazzo, ma mi piacevano anche le semplici mutandine di cotone. Ti rappresentano. Non fraintendermi, il pizzo nero è splendido, ma c'è qualcosa di speciale nel toglierti i tuoi indumenti giudiziosi e guardarti mentre ti lasci andare. Sapevo che saresti stata così dopo la prima volta in cui ti ho baciato sul serio. Ho sentito la tua passione.»

Lei sospira, accarezzandomi pigramente il petto. «Ti racconterò un fatto triste ma vero. La prima volta in cui ho provato passione è stato quando mi hai baciato.»

Stringo il braccio intorno a lei, diventando possessivo. Significa qualcosa. Si è sentiva a suo agio e si è lasciata andare solo con me, o forse è stata la nostra attrazione fisica. In un modo o nell'altro è un enorme complimento. È possibile che l'attrazione e un comune senso dell'umorismo bastino a cancellare le nostre differenze? Non so se mi sentirò mai a mio agio con i suoi genitori, ma per noi due è una vera possibilità. C'è decisamente qualcosa tra di noi, qualcosa di speciale e diverso.

Riley continua. «Mi piacciono le nuove mutandine osé. Mi fanno sentire avventurosa. Forse volevo sentirmi un po' diversa della solita, razionale, Riley.»

Una voce nella mia testa dice che forse io sono la cosa che vuole provare per sentirsi un po' avventurosa. Imparerà a lasciarsi andare e provare la passione di cui è sempre stata capace e poi mettermi da parte per il tipo d'uomo che sceglie normalmente. Come Charlie con i suoi completi, la laurea prestigiosa e la busta paga pesante. Non ho intenzione di chiederglielo. Più che altro perché, se è così, non voglio sentirlo.

Nella testa mi risuona un campanello d'allarme. Non dovrei attaccarmi troppo. Farà solo più male quando lei volterà pagina. Mi sono già attaccato troppo. Da quando chiedo a una donna di passare la notte con me? Penso che conti come farsi le coccole. Cosa che non faccio mai.

Le tolgo con fare indifferente il braccio dalle spalle e rotolo via, allungando la mano per prendere il telecomando sul comodino. Mi congratulo in silenzio con me stesso per la bella mossa che mi permette di allontanarmi un po' senza sollevare sospetti.

Accendo la TV e passo al canale sportivo, appoggiando il telecomando sul comodino. «Voglio solo vedere i punti salienti della partita. Sei una fan degli Yankees?» Presumo che lo sia, visto che Sam è un fan sfegatato.

«In effetti mi piacciono i Mets.»

Mi volto a guardarla. «Okay, fuori dal mio letto!» L'afferro per la vita, la sollevo sopra di me e la scarico sul pavimento accanto al letto.

Riley ha i capelli in disordine e selvaggi, la voce indignata. «Stavo scherzando! C'erano continuamente gli Yankees in TV mentre crescevo.»

Le punto un dito addosso. «Non scherzare mai sugli Yanks.»

Lei sorride e striscia sopra di me. «Pensavo ti piacesse un po' di senso di umorismo.»

Le pizzico il mento, guardandola con la mia espressione più severa. «Alcune cose sono sacre.»

«Posso farmi perdonare?» mi chiede, baciandomi il petto e poi scendendo più in basso. «C'è qualcosa che posso fare?»

«Vedremo» riesco a dire mentre la sua lingua traccia i miei addominali. «Se ci provi veramente...» Risucchio il fiato quando la bocca si chiude sopra il mio sesso.

Riley è perfetta.

Ho intenzione di passare l'intero fine settimana qui a letto con lei.

Sì, sì, sì.

10

———

Jack

Potrei aver preso le cose un po' troppo sul serio con Riley, oltre il territorio di una relazione all'inizio. In qualche modo la mia prima relazione è passata dall'essere nuovissima a una quasi convivenza. Guardo fuori dalla finestra sulla strada del mio appartamento, chiedendomi se è troppo tardi per annullare. Sta venendo per un soggiorno prolungato dato che è in vacanza per la festa del Quattro Luglio e il resto della settimana. Il fatto è che... il sesso è fantastico, quindi mi ha fatto pensare che rifarlo sarebbe stato favoloso, così abbiamo passato il fine settimana scorso insieme. Niente di importante. Solo il fine settimana. Lunedì siamo tornati entrambi al lavoro. Abbiamo avuto un attimo di respiro. Ma quella notte mi mancava nel mio letto. Non riuscivo a smettere di ripensare al nostro fine settimana insieme, qui e in città la domenica.

Comunque avevo resistito.

Cioè, sì, le avevo mandato un messaggio lunedì, solo per sapere com'era andata la sua giornata, come si fa quando si vuole conoscere meglio qualcuno. Avevamo finito per scambiarci messaggi per un po' e desideravo *veramente* che fosse con me. È stato il momento in cui mi ero reso conto che avevamo il mercoledì di vacanza per il Quattro Luglio, quindi l'avevo invitata a passarlo con me a Brooklyn, e a quel punto lei mi aveva chiesto se avevo il resto della settimana di ferie come lei. Io no, ma che cos'avevo fatto? Impulsivamente l'avevo invitata a preparare una valigia e passare il fine settimana lungo con me, da mercoledì a domenica. In retrospettiva, è un tempo molto lungo, ma avevo immaginato che anche dovendo io lavorare giovedì e venerdì, sarebbe stato bello averla nel mio letto tornando a casa.

Mi strofino le tempie. Ho esagerato. Cinque interi giorni insieme. E domenica mi ha chiesto di andare a casa dei suoi genitori nel New Jersey per la festa di bentornati di Sam e Alison. È quasi come se vivessimo insieme, cosa che tutti sanno è essere sulla strada per sposarsi sul serio. Comincio ad avere dei ripensamenti. Non riesco a credere di esserci cascato così in fretta, quando non ho mai avuto una vera relazione in vita mia.

Peggio ancora, devo andare al barbecue della mia famiglia oggi. È una di quelle feste americane che mio padre ha adottato quando ha ottenuto la cittadinanza e significa molto per lui. Non posso perderla. Il problema è che non ho mai portato a casa una donna. Sono sicuro che i miei genitori daranno alla cosa più importanza di quella che ha. La porterò lì solo perché è venuta a trovarmi e io *devo* andare. Non è che volessi specificatamente che Riley li conoscesse. Oddio, i miei fratelli non me la faranno passare liscia. Me lo merito. È quello che ho fatto io con loro in tutti questi anni.

Cerco disperatamente di trovare una via d'uscita. Forse posso fare una breve puntata dai miei genitori prima che arrivi e poi Riley e io possiamo passare il resto della giornata insieme, senza coinvolgere la famiglia Rourke. È un ottimo piano. Avrei dovuto pensarci prima e programmarlo meglio. È mezzogiorno e i miei genitori a quest'ora avranno già il grill in funzione. Dirò a Riley di arrivare verso le quattro. Aveva comunque detto di dover fare il bucato prima di uscire.

Prendo il telefono per mandarle un messaggio quando suona il campanello. Mi blocco, sentendomi un po' in colpa, come se mi avessero colto con le mani nel sacco.

Il campanello suona di nuovo e mi muovo, con il polso che accelera. È arrivata. Okay, dobbiamo proprio farlo. Sento un peso sulle spalle solo pensando alle forche caudine sotto le quali dovrò passare con la mia famiglia per lei. E tutto perché ho ceduto al desiderio che avevo represso fin da Las Vegas. Probabilmente era cominciato anche prima. Penso che la tentazione sia aumentata proprio perché Sam mi aveva detto di stare alla larga. L'ha fatta crescere a dismisura. Nessuno potrebbe resistere così a lungo. E adesso sto praticamente per vivere con lei e per presentarla alla mia famiglia. Come una relazione davvero seria, roba da infarto. Sento freddo e poi caldo. Forse mi sta venendo qualcosa. Una febbre sarebbe veramente gradita adesso. Mi premo la mano sulla fronte. Normale.

Respiro. Non posso lasciarla per sempre sul marciapiede. Prendo il citofono. «Sali.»

«Non vuoi sapere chi è?» mi chiede in tono scherzoso.

Sorrido involontariamente, e un po' della tensione se ne sta già andando al suono della sua voce, pronta per il divertimento. «Sali, scemotta.» Premo il tasto per aprire.

Qualche momento dopo bussa alla porta. La apro e la guardo: ha i capelli raccolti in una bassa coda di cavallo e indossa un abito bianco a fiori, con una modesta scollatura a V e le maniche corte, lungo appena oltre le ginocchia. Ha una cintura rossa che sottolinea la vita sottile e la curva dei fianchi. Ballerine bianche. So esattamente com'è sotto quel vestito pudico e il fatto che il suo corpo sexy sia nascosto mi eccita di colpo, stordendomi.

«Ry» dico con la voce roca prima di tirarla dentro, sbattere la porta e spingerla contro. La bacio, con passione. Dio mi è mancata. Sa di menta e donna sexy. Allungo la mano fino all'orlo del vestito, infilando la mano e accarezzando la coscia nuda, alla ricerca del mio premio. La mia mano incontra una generosa quantità di cotone. *Sì! Le mutandine da nonna di Riley!*

Interrompo il bacio. «Le hai messe.»

«Sì» dice lei con la voce un po' tremante. «È stato un bacio di benvenuto favoloso, ma la mia valigia è ancora in corridoio. Puoi andare a prenderla?»

«Più tardi» borbotto e mi metto in ginocchio di fronte a lei. Le rialzo il vestito, raccogliendo il tessuto in un pugno mentre la bacio attraverso le mutandine. La sento tirare il fiato di colpo e la bacio ancora, sentendo che si bagna di più. Oh Dio. Le sfilo le mutandine e le porgo l'orlo del vestito. «Tienilo.» Poi l'afferro per i fianchi e l'assaggio. Ha un sapore talmente buono che ne voglio di più. Un momento dopo, le cedono le ginocchia e la tengo stretta, premendola contro la porta.

Lei ripete il mio nome, come una cantilena, e io continuo, infilandole dentro un dito e poi un altro. Riley smette di parlare. Diventa silenziosa quand'è vicina, con il corpo che si contrae intorno alle mie dita, il respiro affannoso. Succhio dolcemente e lei grida, con i fianchi che si arcuano mentre viene. La guardo durante la sua estasi, la testa gettata indietro, gli occhi chiusi, le labbra aperte. *Bella*. Aspetto che finisca, finché si affloscia.

Poi mi alzo e prendo un preservativo dalla tasca – mi ero preparato – e non riesco ad aspettare un altro secondo. Apro la cerniera, me lo infilo e la sollevo contro la parete. I suoi occhi scuri si spalancano al movimento improvviso. Ha ancora indosso quel favoloso vestito che mi fa impazzire.

«Tieniti a me» le ordino.

Lei mi mette in fretta le braccia intorno al collo. Spingo in alto il vestito e mi spingo nel suo stretto calore. Un piacere squisito e il sollievo mi travolgono. Resto fermo, con gli occhi chiusi, cercando di rallentare.

Riley aggancia le caviglie intorno alla mia vita e devo combattere il desiderio di sbattere forte dentro di lei. Voglio essere più gentile con lei. Riley è speciale.

Le premo le labbra sul collo, sfiorandola con i denti. Riley rabbrividisce. «Dimmi che cosa vuoi.»

Lei solleva i fianchi, prendendomi in profondità. «Voglio che mi scopi forte.»

Perdo il controllo e faccio esattamente quello che mi ha chiesto, spingendo forte, ferocemente, con il bisogno di unirmi a lei, il più vicino possibile. I suoi gemiti di gola e le sue unghie conficcate nelle mie spalle mi aizzano. Non c'è altro che un bisogno primitivo che continua a crescere. Le affondo i denti nel collo quando l'orgasmo mi travolge e crollo contro di lei. Restiamo lì, così, per qualche momento, incollati insieme mentre riprendo fiato.

Riley mi accarezza i capelli sulla nuca. «Penso che faremo tardi per il barbecue.»

Sorrido contro il suo collo, così rilassato che non sono più nemmeno ansioso riguardo al barbecue. «Eri troppo seducente con questo vestito.»

Riley si mette a ridere. «Non penso di aver mai visto un uomo così eccitato dal mio guardaroba. E pensare che ho comprato tutta quella lingerie sexy per niente. Tutto quello che dovevo fare era indossare le mie solite mutandine e un abitino.»

Alzo la testa. «Che cos'hai comprato?»

Lei mi bacia, infilando le dita tra i miei capelli e poi sorride. «Sono nella valigia che hai lasciato nel corridoio per la fretta di prendermi.»

Io sorriso. «Stai giocando col fuoco, entrando qui vestita tutta assennata e modesta. Sai quanto mi piace metterti in disordine, farti star bene e vederti rilassata.»

«Sono talmente rilassata che potrei fare un pisolino.»

«Buona idea.» La porto verso la camera, ancora avvolta intorno a me.

«E la mia valigia?» protesta.

La sollevo e la rimetto in piedi. «Vado a prenderla.» Mi abbottono e rialzo la cerniera dei jeans, lasciando perdere la t-shirt. Apro la porta, afferro il suo trolley e lo porto dentro. Mi volto mentre lei si sta rimettendo le mutandine. «Stai tentando di sedurmi un'altra volta?»

Le sue guance diventano rosa carico. «Non possiamo arrivare troppo in ritardo. Che cosa penseranno?»

«Penseranno che stessimo facendo sesso.»

«Jack!»

Sollevo le sopracciglia. «Che dev'essere esattamente quello che volevi indossando quelle mutandine per venire qua.» Mi lancio verso di lei, che squittisce, correndo nell'unica direzione in cui può andare, cioè tornando in camera.

La rincorro e l'afferro da dietro. Lei guaisce.

Le avvolgo le braccia intorno alla vita, con uno slancio di affetto che mi fa confessare, parlandole all'orecchio: «Mi sei mancata».

Lei si rilassa contro di me e sospira. «Mi sei mancato anche tu. Sei sicuro che te la senti di avermi qua per l'intero fine settimana? Non è necessario che resti qui per tutto il tempo.»

Stringo le braccia. «Sono sicuro.»

«Allora andiamo a quel barbecue, restiamo solo per un po', giusto per essere cortesi e poi torniamo qui per un po' di divertimento privato. Non riesco a credere che non mi abbia lasciato il tempo di togliermi il vestito prima di fare sesso. Sono sicura che adesso sia stropicciato.»

La volto verso di me e controllo il vestito. È fatto di un tessuto che non sembra faccia grinze. Comunque non riesco a fare a meno di prenderla in giro. «Hai ragione. Te lo sistemo.» Passo le mani sul suo seno generoso, lisciando il vestito.

«Jack!» Mi afferra i polsi, ma io continuo, lisciando il vestito con colpetti leggeri sui suoi capezzoli. «Jack.» Questa volta il mio nome è un gemito.

«Solo qualche altra grinza» dico in tono serio mentre liscio il vestito direttamente giù tra le sue gambe.

«Ancora» sussurra Riley.

È insaziabile. Grazie a Dio.

~

Riley

Sto cominciando a credere che Jack e io siamo veramente una coppia. Mi ha invitato per un lungo fine settimana e sto andando a casa dei suoi genitori per il barbecue della famiglia Rourke per il Quattro Luglio. È una magnifica giornata estiva. Siamo un po' in ritardo perché, quando sono arrivata al suo appartamento, Jack ha dato un'occhiata al mio vestitino bianco a fiori e mi ha preso contro la parete. Non ha nemmeno aspettato che arrivassimo in camera. Non ho mai avuto quest'effetto su un uomo. È un'enorme iniezione di autostima, e moooolto piacevole. Mi sento felice e spumeggiante, come non lo ero da quando avevo passato la parte finale dell'esame da commercialista. Uffa, sono una tale nerd. Questo momento di piacere e divertimento con Jack è mille volte migliore di quel momento!

Arriviamo sul marciapiede di fronte alla casa a schiera di mattoni dov'è cresciuto, ma, invece di salire, resta semplicemente lì e fa qualche respiro profondo. Sembra un po' pallido.

«Stai bene?» gli chiedo. Forse è stanco, dopo avermi sollevato mentre mi penetrava. E poi mi ha sollevato nuovamente nella doccia, che avevo preteso di fare per non odorare di sesso. È molto accomodante e imperioso allo stesso tempo. Arrossisco. *Smettila di riandare col pensiero ai ricordi erotici!* È solo che non ho mai apprezzato tanto il sesso. Jack è favoloso. E intendo dire favoloso da *orgasmi multipli da togliere il fiato.* Non posso veramente lamentarmi della sua esperienza con le altre donne quando lo rende un amante così superbo.

Lui guarda il cielo, con un'espressione tesa. Strano. Era così caloroso e giocherellone un momento prima.

«Jack?»

«Sì.» Si strofina la nuca. «Immagino che avrei dovuto dirti che sei la prima donna che porto a casa. Potrebbero farne un affare di stato.»

Ohh. Gli metto le braccia intorno al collo e lo bacio. «Potresti dire loro che sono una spogliarellista che hai raccolto a Las Vegas.»

Lui mi abbraccia e sento la risata che gli vibra nel petto. «Mi uccidi, Ry. Come se qualcuno potrebbe mai credere che *tu* sia una spogliarellista.»

«È il mio vestitino da ragazza della prateria?» Sto scherzando. Non è così all'antica.

Jack si china all'indietro e afferra la cintura rossa che mi stringe la vita. «Questo non è da ragazza della prateria, è in puro stile Riley.» Mi guarda con i suoi caldi occhi azzurri. «Okay, entriamo.»

Mi guida verso il pianerottolo davanti alla porta d'ingresso, con una mano appoggiata sulla mia schiena. La porta non è chiusa a chiave ed entriamo. La casa sembra vuota. Jack continua attraverso la cucina, la sala da pranzo fino a uscire dalla porta sul retro. Esco per prima in un piccolo cortile recintato, dove sono raccolti tutti, con Jack dietro di me.

La conversazione si interrompe. Tutti gli occhi sono su di noi. L'unico suono è Neil Diamond che canta *America* a basso volume da un altoparlante da qualche parte.

Mi guardo intorno nervosamente, individuando parecchi uomini che devono essere i suoi fratelli. La somiglianza di famiglia è strabiliante. Ci sono parecchie coppie più anziane e un paio di donne tra di loro.

Saluto con la mano. «Buongiorno a tutti.»

«Scusate, siamo in ritardo» dice Jack con la voce un po' tesa.

Tutti continuano a fissarci senza parlare.

«Non li avevi informati che mi avresti portato con te?» gli chiedo sottovoce.

«No» risponde a bassa voce. «Non volevo che ne facessero un affare di stato.»

«Sembra comunque che lo sia» sussurro ferocemente. «Sistema le cose!»

Lui mi indica. «Questa è Riley.»

Una donna bruna, sui cinquant'anni entra in azione, venendo in fretta verso di noi con un grande sorriso sul volto. Un uomo alto, con un portamento regale la segue da vicino. Suo padre era stato educato per essere un re. Devono essere i genitori di Jack.

Da vicino, sua madre ha gli stessi occhi del più azzurro degli azzurri di suo figlio. «Benvenuta, Riley. È un piacere conoscerti. Sono Tara, la mamma di Jack.»

«È un piacere conoscerla.»

Lei si rivolge a Jack, aggrottando la fronte. «Non mi avevi detto che avresti portato qualcuno.»

Jack alza una spalla, arrossendo. Oh mio Dio. Jack sta arrossendo.

Suo padre mi tende la mano. «È un piacere conoscerti, Riley. Sono il padre di Jack.» Parla un inglese formale, senza l'accento di Brooklyn di sua moglie. Suo padre ha qualche ciocca grigia tra i capelli castano scuro ed è ben rasato. Gli occhi sono di un sorprendente colore acquamarina. Jack gli assomiglia, con i capelli scuri, gli zigomi alti e la mandibola squadrata.

Gli stringo la mano. «È un piacere conoscerla.»

Entrambi guardano Jack, scrutandolo. Lui allarga il colletto della t-shirt bianca.

«Allora...» Sua madre comincia a parlare e poi si ferma. Guarda suo marito.

«Come vi siete incontrati?» ci chiede suo padre.

«A Las Vegas» dico, sorridendo a beneficio di Jack. Voglio solo che si rilassi di nuovo.

I suoi genitori si scambiano un'occhiata che in qualche modo comunica rassegnazione e un triste *lo sapevo.*

Jack scoppia ridere, tornando finalmente a sembrare se stesso. «Ci siamo visti lì, ma la conoscevo da prima. È la sorella di Sam Walsh.»

«Oh, Sam!» esclama sua madre, palesemente sollevata. «Bravo ragazzo.» Sorride, con gli occhi azzurri che scintillano. «Sei la prima donna che Jack abbia mai portato a casa. È così bello che tu sia la sorella di Sam.»

Suo padre annuisce. «Confesso che abbiamo sempre pensato che la prima donna che avrebbe portato a casa sarebbe stata una sconosciuta che aveva sposato dopo un folle fine settimana a Las Vegas. Quindi, quando hai detto che vi eravate incontrati a Las Vegas, mia moglie e io abbiamo pensato: "Beh, alla fine è successo".»

Rido perché in un certo senso è vero. È ironico che i suoi genitori se lo aspettassero, quando Jack aveva fatto di tutto per impedire loro di sapere del nostro matrimonio, almeno quando pensava che fosse successo.

Jack si inalbera. «Non prendo il matrimonio alla leggera.»

«Bene» dice suo padre. «Il matrimonio è una cosa seria.» Lui e sua moglie si guardano con affetto. Per loro è stato più che serio. Suo padre aveva rinunciato a un trono per sposarla. L'amore tra i due è palpabile. I miei stessi genitori non sono così affettuosi tra di loro, ma è il loro carattere.

«Vieni» dice sua madre. «Prendi qualcosa da mangiare e poi ti presenterò a tutti.»

La seguo a un lungo tavolo con vassoi di hamburger e hot

dog insieme a un assortimento di insalate fredde. Biscotti al cioccolato, torta di mele e cupcake con bandierine americane in cima attirano la mia attenzione in fondo al tavolo. Jack prende un biscotto e ne morde un pezzo.

«Che cosa ti piacerebbe?» mi chiede sua madre, prendendo un piatto di plastica.

«Posso prenderlo io.»

«Non è un problema» mi dice. «Hamburger, hot dog o entrambi?»

«Hamburger, grazie.»

Jack si serve di entrambi.

Accanto alla signora Rourke appare un'altra donna bruna sui cinquanta. Sua sorella forse? La donna ha lo stesso colore e taglio di capelli, ma con la frangia. Gli occhi castano scuro brillano attraverso gli occhiali dalla montatura rotonda marrone. «Presentami» dice alla signora Rourke.

La signora Rourke accenna un sorriso. «Questa è la mia vicina di casa...»

«Adesso siamo consuocere» dire orgogliosamente la donna. «Il maggiore dei suoi figli, Dylan, ha sposato la minore delle mie figlie, Ariana, che aspetta un bambino, tra l'altro.» Me la indica dall'altra parte del giardino.

Ariana alza una mano. Io sorrido e la saluto.

«Sì» dice la signora Rourke. «Questa è Donna, la mia vicina, amica e consuocera.»

«Amica, davvero?» dice Donna, in un tono che sembra speranzoso.

La signora Rourke arrossisce e mi mette sul piatto una porzione di insalata di patate che non avevo chiesto. «Sì, certo, Donna.»

Donna mi tende la mano. «Sono la signora Bianchi. È un piacere conoscerti.» Mi sorride, incoraggiante, e sembra che stia aspettando che mi presenti.

«Sono Riley, la ragazza di Jack.» Mi ha definito lui così.

«Che bello» dice la signora Bianchi. «E che cosa fai, Riley? Di lavoro intendo.»

«Sono una commercialista.»

La signora Rourke e la signora Bianchi si scambiano un'occhiata sorpresa prima di tornare a guardarmi.

«Una donna in carriera» dice la signora Bianchi in tono di approvazione.

«È una commercialista, si è laureata col massimo dei voti» aggiunge Jack. «È brillante.»

Sorrido e abbasso la testa, con le guance in fiamme. Jack mi bacia la guancia.

La signora Rourke si mette una mano sul cuore, sorridendo a Jack e poi a me.

La signora Bianchi stringe il braccio della signora Rourke prima di rivolgersi a Jack. «Bravo, Jack. Francamente non sapevamo dove saresti finito. Avevo detto a tua madre che saresti rinsavito un giorno e ti saresti reso conto che tutto ciò di cui avevi bisogno era una brava ragazza.»

«Sono lieto che approvi, signora Bianchi» dice Jack, mantenendo la faccia seria. «Adesso posso riposare tranquillo.»

«Così insolenti, i tuoi figli» dice la signora Bianchi alla signora Rourke, che sorride serenamente, aggiunge un biscotto al cioccolato al mio piatto e me lo passa. «A me piacciono così, non sei d'accordo Riley?»

Do un'occhiata a Jack. Sembra concentrato sulla varietà di cibi offerti. Il suo piatto è sul tavolo, pieno di cibo, ma sembra che voglia aggiungere ancora qualcosa.

Io mi volto verso la signora Rourke e dico piano: «Non so gli altri suoi figli, ma Jack è irresistibile».

Squittisco quando Jack mi tira improvvisamente contro di lui, baciandomi dolcemente sulla bocca. «Anche tu» dice burberamente.

«Oh, mio Dio, Tara!» esclama la signora Bianchi. «Sono innamorati!»

Io mi blocco. Jack si impietrisce. Ci stacchiamo e prendiamo i nostri piatti.

«Shh, li stai mettendo in imbarazzo,» sussurra la signora Rourke, «potrebbero non tornare più qui.»

Jack inclina la testa, allontanandosi da loro e io lo imito, un po' imbarazzata e un po' divertita.

Lo guardo; ha le mascelle strette. Non so se sia arrabbiato perché prova veramente dei sentimenti per me e non gli piace che ne stiano parlando, oppure se sta rimpiangendo di avermi portata qua perché fa sembrare la storia tra di noi più importante di quanto sia. È veramente difficile capire Jack quando è serio.

11

———

Jack

Do un morso feroce al mio hamburger, seduto sui gradini con Riley, con il cervello in fiamme. Solo perché ho portato a casa una donna per la prima volta non significa che sia innamorato di lei. Ridicolo. Cioè, sì, certo, Riley mi piace. Tanto. E penso un po' troppo a lei quando non è con me, e voglio stare con lei più che posso, ma questo non significa...

Non sono diventato una femminuccia.

Non sono come Sam, che ha scaricato i suoi amici maschi per stare con Alison tutto il fottuto tempo.

Certo, non vedo i miei amici, Mike e Rick, dal matrimonio di Sam. Ma non significa niente. Rick si è trasferito, dato che era il coinquilino di Sam e adesso Alison si trasferirà lì. Che vuol dire se non mi sono fermato a casa di Mike, a qualche isolato di distanza? Sono stato occupato. E Sam è in luna di miele, quindi ovviamente non potevo stare con lui.

Non sono innamorato.

Diciamo che Riley mi piace e la desidero. Lascio uscire il fiato. Sono sicuro che sia il desiderio il responsabile di questa voglia di stare accanto a lei. Ovvio. Chi non la vorrebbe, con quella perfetta figura a clessidra e i suoi abitini morigerati? È come ogni porno sulle bibliotecarie abbottonate e sexy.

Scenario classico. Torno con la mente a stamattina, quando è arrivata a casa mia. Ovvio che dovessi toccarla e, appena fatto, non fossi più in grado di fermarmi. Lei è appassionata, vogliosa, morbida e generosa. E io prendo e prendo come un uomo affamato a un banchetto. È desiderio animale all'opera. Ecco tutto.

Sobbalzo sorpreso quando sento il mio nome e mi volto a guardarla. «Sì?»

Riley mi dà un'occhiata curiosa. «Ti avevo chiesto se era la vicina con cui tua madre aveva avuto una faida per decenni a causa del tuo scherzo? Sembrava così commossa che tua madre l'avesse definita un'amica.»

Non riesco a non sorridere. Chi sapeva che un cucchiaio da portata nascosto da un bambino di cinque anni avrebbe avuto effetti così duraturi? Non vedo l'ora che arrivi il momento del "Ci siete cascati" quando i Bianchi riordineranno gli scaffali nel seminterrato e lo troveranno. Non avevo pensato che mia madre avrebbe considerato una ladra la signora Bianchi e si sarebbe rifiutata di parlare con lei per anni. Cavolo, è un fottuto cucchiaio! «Sì, è lei. Dylan e Ariana si sono sposati e adesso le due mamme sono pappa e ciccia.»

Guardiamo entrambi le due donne, accanto alla rosa rampicante, che bevono vino bianco. Sembra che mia madre stia confidando qualcosa alla signora Bianchi, che sorride.

«Penso che si debba essere piuttosto cauti con le conseguenze a lungo termine di uno scherzo» mormora Riley.

«Già. Stavo giusto pensando la stessa cosa.»

La faccenda del cucchiaio è andata troppo oltre, proprio come il nostro finto matrimonio a Las Vegas è diventato stare insieme per lunghi periodi di tempo, scambiarci messaggi, uscire insieme. La faccenda si è ingigantita ed è diventata una relazione. Deglutisco ma non sudo. Sto cominciando ad accettare l'idea di qualcosa di serio. Aspettate. Che cosa vuol dire conseguenze a lungo termine? Qualcosa di brutto tra di noi? Dobbiamo parlare della relazione?

Fisso il terreno, pensieroso. Non so nemmeno come sono arrivato a questo punto. Un momento prima sto al gioco di un finto matrimonio e un momento dopo la porto a casa a conoscere i miei genitori. E se lei mi scaricasse? Potrebbe far male. Ho visto altri uomini cadere in depressione per una donna, ciondolare giù di morale, ingozzandosi di birra e patatine. Non ho intenzione di cadere in pezzi per una donna!

«Salve, io sono Brendan.»

Alzo gli occhi proprio mentre mio fratello si presenta a Riley, stringendole la mano e rivolgendole il suo sorriso più affascinante. Il resto dei miei fratelli si raduna intorno a noi: Dylan, Sean, Connor e Garrett. Hanno tutti i capelli scuri, la barba più o meno lunga, occhi azzurri, eccetto il più giovane, Beast (Garrett), che ha gli occhi acquamarina di nostro padre. Si presentano a Riley, uno per volta, con un gran sorriso. Merda.

Sean scuote la testa, rivolgendomi un sorrisetto compiaciuto. «Alloooora, Jackie-boy» dice. «Ho sentito che ti sei innamorato per la prima volta.»

I miei fratelli scoppiano tutti in grandi risate, anche Dylan, lo stronzo. È lui quello che mi fa sempre grandi discorsi da fratello maggiore, su come valga la pena di fare sul serio con una donna.

Le guance di Riley sono rosso viso quando si volta a guardarmi, con gli occhi sgranati e imploranti. La stanno mettendo in imbarazzo e non sa come affrontarli. Non credo che suo fratello l'abbia presa in giro nel modo in cui facciamo i miei fratelli e io tra di noi.

Mostro loro il medio e loro ridono ancora più forte. Tanto varrebbe sventolare bandiera bianca e arrendermi, ammettendo che sono innamorato.

Oh, merda, sono innamorato.

Mi alzo, in modo che non mi guardino dall'alto seduto sul gradino. «Basta, Dylan. Mi stai continuamente addosso dicendo quant'è bello avere una relazione. Sean, tu sei il re delle relazioni monogame seriali. E volete sapere una cosa? Il resto di voi non sa che cosa si sta perdendo. Quindi, sì, ho una relazione e mi aspetto che trattiate con rispetto l'unica donna che abbia mai portato a casa.»

«Maledizione» dice uno di loro. Probabilmente Brendan. È quello con cui cazzeggio di più, essendo entrambi pestiferi.

«Congratulazioni» dice Beast, con sincerità. Ha un lato sensibile che non mostra a molti. «Sono veramente felice per entrambi.» Si rivolge a Riley: «Benvenuta, spero di non averti messo troppo in imbarazzo».

Lei sorride. «Grazie Garrett per il caloroso benvenuto.»

Lui mi sorride e controlla se per me va bene. È il minore dei miei fratelli, quindi mi ammira. Glielo confermo, alzando il mento verso di lui.

«Sì, benvenuta» borbottano i miei fratelli in coro.

Dylan fa qualche domanda educata a Riley prima di andarsene. I miei fratelli lo seguono.

Io mi siedo accanto a lei, tentando di calmarmi dopo avere fondamentalmente ammesso che mi piace un sacco. E non sono nemmeno sicuro che sia reciproco.

Lei si volta a guardarmi, sventolandosi con una mano. «Wow, non credo di aver mai incontrato tanti uomini stupendi così da vicino, tutti in una volta sola.»

Sento una forte fitta di gelosia. Eccomi qui, con tutti quei pensieri e sentimenti profondi per lei mentre lei sta guardando i miei fratelli con desiderio. «Davvero?»

Riley mi afferra per il colletto e mi tira vicino per un bacio. «Ma tu sei il re di tutti loro.»

Il re. L'adoro. E amo lei. Sorrido contro le sue labbra.

Ho aspettato fino a trent'anni prima di pensare a farmi una famiglia perché non avevo ancora incontrato nessuno con cui volessi formarla. Adesso c'è Riley. Adesso devo solo scoprire come essere veramente un boyfriend serio perché penso che lei possa essere la cosa migliore che mi sia mai capitata. E voglio che anche lei provi gli stessi sentimenti per me.

∼

Riley

Quella sera esco dal bagno di Jack in pigiama: una t-shirt rosa e pantaloncini larghi in tinta. Ho delle mutandine di seta rossa che sono più sexy, ma abbiamo già fatto sesso due volte oggi, quindi ho pensato che sarebbe stato meglio essere comoda per dormire.

«Che cos'hai indosso?» ringhia Jack da dove sta riposando sul letto, con le coperte tirate fino in vita.

Sento le scintille percorrermi la pelle. Conosco quella voce. Non so come, l'ho eccitato senza nemmeno tentare. «Il mio pigiama.»

Vado verso il letto e lui mi tira giù i pantaloncini, insieme alle mie mutande comode prima ancora che possa salire sul letto. Mi manca il fiato e il cuore accelera i suoi battiti. Non sono abituata a un amante aggressivo. È eccitante. Striscio sopra di lui e lui mi ribalta sulla schiena, tenendosi sui gomiti sopra di me.

È a quel punto che mi rendo conto che è nudo.

«Eri pronto per me, eh?» mormoro.

«Sempre.» Abbassa la testa e mi bacia rudemente. Gli avvolgo le braccia intorno, aspettandomi una spinta forte quando si sistema tra le mie gambe. Improvvisamente, Jack interrompe il bacio, mi mette seduta e mi toglie la maglietta, gettandola dall'altra parte della stanza. «Non hai bisogno di indumenti a letto. Mai.»

«E se mi venisse freddo?»

I suoi occhi azzurri luccicano. «Allora dovrai restare appiccicata a me.» Mi riabbassa sul materasso e mi bacia appassionatamente prima di farsi strada lungo il mio corpo, fino alle dita dei piedi. È magnifico, sento lievi scariche elettriche dovunque mi tocca, mi bacia o mi assapora. Mi accendo da dentro mentre rifà il percorso inverso su per una gamba, allargandomi le gambe con le sue mani grandi, prima di arrivare alla centrale del piacere. Risucchio il fiato quando sento una scossa. Jack si sofferma e io ondulo i fianchi ciecamente, persa nel piacere. È un amante così generoso, così... oh! Mi ha appena ribaltata. Così, forte, così imperioso.

Mette le braccia intorno alla mia vita, sollevandomi. «Tieniti forte sulle braccia» ringhia.

Abbasso le braccia, sento il fruscio di un preservativo e poi torna, spingendosi dentro forte. Ansimo. Non riesco a farne a meno. È grosso, e le sue spinte sono potenti.

Lui mi copre con il suo corpo e dice con la voce roca: «Sai che cosa mi piace di questa posizione?». Mi accarezza il seno con una mano, stuzzicando il capezzolo con le dita callose.

Gemo piano. «Che puoi toccarmi.»

«Sì.» Si spinge ancora profondamente. «E sentirti tremare sotto di me.»

«Jack» sussurro. «Io non tremo.»

«Vediamo come possiamo rimediare.» La sua mano scivola tra le mie gambe, tracciando dei piccoli cerchi. Il piacere comincia a crescere, la pressione aumenta, il respiro diventa corto. «Adagio, baby.»

Mi sfugge un piccolo guaito. Jack ha le labbra premute sul lato del mio collo, le sento curvarsi contro la pelle che bolle. Mi graffia leggermente con i denti e rabbrividisco. Ondula i fianchi con spinte lente mentre le dita continuano a disegnare piccoli cerchi, portandomi verso il traguardo a un passo tormentosamente lento.

Lascio cadere la testa in avanti e Jack mi stringe la nuca, facendomi illanguidire.

Jack mi loda a bassa voce, mormorando, continuando con le sue spinte lente e profonde e accarezzandomi pigramente. Io galleggio in un piacere senza tempo, circondata dal suo calore, il suo profumo, il suo tocco. L'intensità aumenta prima che me ne renda conto e di colpo sono sull'orlo dell'orgasmo. Vicina, così vicina e il mio corpo si stringe intorno a lui.

«Jack» ansimo.

«Così bello» dice con la voce roca. «Non ancora.»

Non so se lo stia dicendo a se stesso o a me, ma ne ho bisogno. Mi spingo indietro verso di lui e lui geme. Dà una forte spinta, accarezzandomi proprio come mi serve.

Sì!

Sì!

«Aspetta» ringhia, rallentando di nuovo.

No-o-o-o!

Premo i fianchi all'indietro, ho bisogno di più, disperatamente. Lui mi morde il collo, dandomi una scossa e poi spinge lentamente, continuando ad accarezzarmi a un ritmo lento e pigro. Tremo e poi esplodo con un grido acuto.

«Sssì!» sibila Jack, afferrandomi i fianchi e continuando con spinte forti, veloci e profonde.

Oh Dio! Ci sono di nuovo, sto volando verso un altro orgasmo. Il respiro di Jack è aspro nel mio orecchio, ho il cuore che martella, il corpo che trema per l'incredibile intensità. La stanza sembra diventare buia e poi grido, con il corpo che rabbrividisce mentre Jack continua con spinte rapide, lasciandosi finalmente andare con un lungo e basso gemito.

Le mie braccia cedono, ho la guancia premuta contro il materasso. La presa ferrea di Jack sui miei fianchi è l'unica cosa che evita che crolli completamente.

Mi passa le dita lungo la spina dorsale, facendomi rabbrividire. Lui pulsa dentro di me e io gemo piano. Finalmente si tira fuori e io crollo.

La stanza è silenziosa, tranne il suono di noi due che cerchiamo di riprendere fiato. Adesso è accanto a me. Io non riesco a muovermi, a parlare. Vorrei abbracciarlo, ringraziarlo per gli orgasmi incredibili, ma sembra che non riesca a farlo. Oddio, è stato così bello!

Jack mi scosta i capelli dal volto. «Sei ancora viva?»

«No.»

Lui ridacchia e mi fa rotolare sul fianco, tirandomi vicina. Sospiro, soddisfatta e sonnacchiosa. C'è qualcosa di incredibilmente soddisfacente in un uomo che riesce a manovrarti quando sei troppo stanca per muoverti. Nessuno dei miei boyfriend è mai stato abbastanza forte da portarmi in braccio. Accarezzo pigramente il rigonfiamento del suo bicipite, lodandolo in silenzio per la sua bellezza e la sua forza. Passano lunghi minuti in un bagliore caldo.

Proprio quando sto raccogliendo abbastanza energia da spegnere la luce sul comodino. Sento un cane che abbaia così forte da far sembrare che sia nella stessa stanza con noi. «Bau! Bau! Bau!»

Jack s'innervosisce. «No-o-o. I vicini del piano di sopra sono tornati dalle vacanze e il loro maledetto cane ricomincia con il suo abbaiare notturno.»

«Bau! Bau! Bau!» Il suono diventa più forte, acuto e pressante.

«Credo che sia un cucciolo» gli dico.

«A chi interessa? Voglio solo che stia zitto. Abbaia tutte le sere quando sto per addormentarmi e poi a ogni ora, come un orologio.»

«Hai già provato a parlare con i tuoi vicini?»

«E dire loro che cosa? Imbavagliate il vostro cane perché non riesco a dormire?»

Mi appoggio a un gomito. «Non ti è mai venuto in mente che non apprezzino nemmeno loro il fatto che abbai?»

«Allora non avrebbero dovuto prendere un cane che abbaia in continuazione.»

Scendo dal letto, raccogliendo i pezzi del pigiama dagli angoli della stanza e infilandoli.

«Dove stai andando?»

«A vedere se posso essere d'aiuto.» Mi metto le ballerine e prendo un cardigan bianco che avevo appeso nel suo armadio. «Avevamo lo stesso problema con il nostro cucciolo quando ero una bambina. Ci faceva impazzire.»

«Aspetta. Vengo con te.» Scende dal letto e si mette una t-shirt e i jeans, senza preoccuparsi delle calze o delle scarpe.

Pochi minuti dopo, busso alla loro porta. Apre un uomo di mezz'età con un pigiama di seta blu scuro. Jack si fa avanti. «Salve, sono Jack, il vicino del piano di sotto.»

«Sì, l'ho vista in giro. Sono John.»

«Chi è?» chiede una giovane donna bionda che ha in braccio il cane, che abbaia ancora più incessantemente.

«Oh, che cucciolo adorabile» dico calorosamente. «Come si chiama?»

«Chi è lei?»

«Sono Riley, la ragazza di Jack. Avevo un cucciolo proprio come lui. Anche lui abbaiava di notte ed era un bel problema. Le dispiace se entro e le dico che cosa aveva funzionato per noi?»

La coppia si scambia un'occhiata, il cucciolo abbaia ancora in modo più disperato e loro cedono, lasciandoci entrare.

Tendo le mani verso il cucciolo e lo coccolo. Lui smette di abbaiare. Scopro che è un maschietto e si chiama Roscoe. Un nome piuttosto da duro per una minuscola palla di pelo bianco. È in parte un terrier e in parte qualcos'altro, forse chihuahua, non lo sanno con precisione. Lo hanno preso in un rifugio.

Racconto loro del problema che avevamo con il nostro cane. Dormiva in una gabbia, proprio come vogliono che faccia Roscoe. I miei genitori scendevano dal letto per confortare il cucciolo che abbaiava, che ovviamente poi pensava di dover abbaiare più forte per farsi coccolare ancora. In pratica, il nostro cane aveva imparato che, se avesse abbaiato, noi saremmo accorsi. L'addestratore di cane che i miei genitori avevano contattato ci aveva raccomandato di ignorarlo finché non avesse capito che abbaiare non li avrebbe fatti correre da lui. Loro invece avevano deciso di usare una routine calmante la sera, con la musica classica che suonava per il cucciolo e un giocattolo morbido. Per loro, un generatore di rumore bianco.

La coppia sembra pendere dalle mie labbra. Jack mi guarda con affetto.

Accarezzo Roscoe tra le orecchie puntute. «Oppure potreste semplicemente portarlo nel vostro letto, ma probabilmente poi non riuscirete più a fargli perdere l'abitudine.»

La coppia sembra sollevata alla prospettiva di poter fare qualcosa che li aiuti a gestire quel continuo abbaiare notturno e mi ringrazia profusamente.

«Non riusciamo a dormire bene nemmeno noi» dice John. «Mi dispiace che stia infastidendo anche voi.»

«Dategli una settimana o due e vedrete che migliorerà» dico fiduciosamente.

Perfino Jack sembra speranzoso.

Ci salutiamo e scendiamo. Quando torniamo a letto, di sopra c'è ancora silenzio.

«Penso che sia andata bene» dico. Rialzo le coperte e mi metto sul fianco guardando Jack.

Lui mi mette un braccio intorno alla vita, sdraiato fianco a fianco. «Che cos'ha fatto la tua famiglia? Ha ignorato il cane, con la musica classica che suonava o l'ha portato a letto?»

«È stato difficile a casa nostra perché il nostro cane, Wilson...»

«Il vostro cane si chiamava Wilson?»

«Sì, era uno Springer spaniel. Comunque, i miei genitori non avrebbero mai permesso a un cane di stare sul loro letto. Wilson abbaiava in modo acuto di notte. Erano come unghie su una lavagna. L'addestratore aveva dato loro tutti quei consigli e aveva insistito che se gli avessero permesso di salire sul letto sarebbe stato per sempre. E che se non volevano che succedesse, dovevano aspettare. C'era voluta una settimana, ma aveva funzionato.»

«Non ho mai avuto un cane.»

«Oh, sono stupendi. Hanno solo bisogno di un po' di addestramento.»

Il cane al piano di sopra ricomincia ad abbaiare, come se mi avesse sentito. E non smette.

Mi rannicchio più vicino a Jack e gli sussurro all'orecchio: «Domani compreremo dei tappi per le orecchie».

Lui traccia dei disegni sulla mia spalla, non è più nervoso come prima per l'abbaiare del cane. «Se risolverai questo problema del cane, potrei doverti sposare sul serio.»

Mi metto a ridere. Sta sempre scherzando. «Ho visto il sudore sulla tua fronte quando pensavi di dover restare sposato.»

«Quello era prima che facessimo sesso.»

«Il sesso non è un buon motivo per sposarsi.» Gli do un colpetto sul braccio e mi volto sull'altro fianco, spingendomi indietro contro di lui. «E non lo è nemmeno il fatto che abbia parlato ai tuoi vicini del loro cane.»

Lui mi rimette il braccio intorno alla vita, appoggiandosi alla mia schiena. «E qual è un buon motivo?»

«L'amore.»

Jack resta in silenzio. Visto? Sapevo che stava scherzando. Gli piaccio, gli piace il sesso, ma questo non significa che voglia sposarmi. Non ha mai avuto una ragazza fissa prima d'ora. Non ho intenzione di fargli pressione, di fargli credere che mi aspetti troppo da lui. Il nostro matrimonio è stato uno scherzo, una cosa divertente da fare a Las Vegas. Ecco tutto. E adesso stiamo insieme. Sono decisa a godermi questo momento e a non rimuginare troppo sulle cose come faccio di solito. Jack è diverso dal tipo di uomini che frequento di solito e questo significa che anche il mio approccio dev'essere diverso. Mantenere le cose semplici e divertenti, come lui.

Il cane smette di colpo di abbaiare.

Jack espira bruscamente. «Pensi che durerà?»

«Sì. Scommetterei che lo hanno portato nel loro letto ed è lì che resterà. Niente di male, se non ti dà fastidio un coccolone peloso.»

«Come me?» Jack mi mette la faccia sul collo, strofinando la barba.

«Anche tu sei un po' peloso e un grande coccolone.»

Lui mi liscia i capelli. «In realtà ti sto così vicino solo per poterti palpeggiare.»

Do una stretta al braccio che mi tiene intorno alla vita. «Questo è un bonus. Notte, Jack.»

Lui mi bacia la spalla. «Notte, Ry.»

Sono quasi addormentata quando lo sento borbottare: «Sono capace di essere serio».

Sono troppo stanca per rispondere ma penso: *Che divertimento ci sarebbe con un Jack serio. Non sarebbe lui.*

12

Riley

Jack si sta comportando in un modo molto strano da quando ha detto che mi avrebbe sposato per aver risolto il problema del cucciolo del piano di sopra, e non ha senso. Ero sicura che stesse scherzando. Chi si sposa per un cucciolo che non abbaia più di notte? Non conosco questa versione di Jack, e sembra tutto sbagliato. Ha smesso di essere giocherellone, ha smesso di scherzare. Non ha nemmeno tentato di farmi qualche scherzo, e sto aspettando la sua grande vendetta. Non so se questo sia il vero Jack, una volta superato il mattacchione, oppure se non sia se stesso perché pensa che sia ciò che voglio io. Come se, dato che io sono seria e razionale (la maggior parte del tempo), lui dovesse imitarmi. Mi manca il Jack che stavo appena cominciando a godermi. Perfino il sesso sembra più serio, tutto movimenti lenti e lunghi sguardi teneri. Sembra quasi che sia innamorato di me. Non mi fido. Se Jack deve diventare un'altra persona per amarmi, allora non è reale. Sembra che stia recitando una parte, quella del boyfriend serio per Riley. Io rivoglio il Jack spiritoso. Mi piaceva veramente tanto.

Adesso siamo sul treno per il New Jersey per andare alla

festa di bentornati di Sam e Alison, a casa dei miei genitori, e Jack non ha quasi parlato per tutto il viaggio.

«A che cosa stai pensando?»

«A niente.»

«Dev'esser qualcosa. Sei stato così cupo e serio da... beh, da quando ti ho aiutato con la situazione del cane che abbaiava di notte. Mi manca il Jack divertente. Non dobbiamo essere seri. Cerchiamo di mantenere le cose lievi e informali.»

«Che cosa intendi per lievi e informali?» ringhia. Sì, ringhia proprio. Fa un po' paura.

«Sai, divertenti. Com'eri tu prima.»

I suoi occhi azzurri sono diretti e maledettamente seri. «Sto per incontrare i tuoi genitori per la terza volta e le prime due non sono andate così bene. Devo dimostrare loro che non sono il clown che pensano sia. Inoltre, vedrò Sam per la prima volta da quando tu e io siamo una vera coppia. Non ho intenzione passare il tempo mentendo. Devo dimostrare a tutti che sono serio sia per quanto riguarda il lavoro, sia riguardo a te.»

«Perché?»

«Hai bisogno di chiederlo?»

«Sì. Non stai cercando di essere più simile a me, vero? Uno dei motivi per cui ero attratta da te era perché eri spontaneo e divertente. Mi sembra che tu sia diventato una persona diversa da un giorno all'altro.»

Lui abbassa la voce. «Sono nuovo a questa faccenda del compagno serio. Sai, il tipo che resta, ma voglio essere all'altezza di quello che meriti. La vita non è sempre una festa, Riley.»

«Visto, ecco. Prima mi chiamavi Ry, semplice e familiare. E mi piaceva. Adesso cominci a sembrare mia madre.»

«Io non sono sempre una risata al minuto.»

«Sam dice di sì.»

Lui stringe i denti. «Quello è con i ragazzi.»

«Ma prima eri diverso con me.»

Lui mi prende la mano e la stringe. «Ti stavo trattando come un'avventuretta. Adesso sei in una categoria diversa.»

Sospiro. Non è che mi stia trattando male. È che non ritiene di poter essere se stesso a causa mia.

Jack stringe le labbra assumendo un'espressione cupa e decisa. «So che il nostro matrimonio non era ufficiale, ma ho preso un impegno con te e spero che un giorno lo sarà.»

Risucchio il fiato. «Non dirlo. Stai caricando di troppe aspettative la nostra relazione. È ancora recente e stiamo ancora imparando a conoscerci. Non posso promettere il matrimonio dopo sole tre settimane che ci frequentiamo.»

Lui si acciglia. «Hai mai veramente voluto essere sposata con me?»

Scelgo le parole con cura, non voglio ferire i suoi sentimenti. «Sinceramente, mi sono fatta prendere dal momento a Las Vegas, cercando di essere spontanea e spiritosa come te. Non avevo in mente un vero matrimonio.»

«Io ero sbronzo.»

«Ma comunque divertente.»

Lui stringe gli occhi. «Mi piacerebbe essere più di un momento di divertimento.»

«Lo sei. Tutto ciò che sto dicendo è che dovremmo fare un passo indietro e non ingigantire troppo le cose. Okay?»

«Bene.» Mi lascia andare la mano e incrocia le braccia.

Guardo il panorama che scorre fuori dal finestrino. Sono così confusa. L'uomo che pensavo di conoscere è sparito.

Troviamo un passaggio verso casa dei miei genitori su un'app e, quando arriviamo, c'è decisamente nervosismo tra di noi. Lui è arrabbiato perché ho detto di voler prendere le cose più alla leggera, anche se è una richiesta perfettamente ragionevole. Penso che si godrebbe di più il tempo insieme a me se lo facesse. Una relazione non deve essere seria e greve tutto il tempo.

Sento la musica e voci dal retro della casa. «Sembra che siano tutti in piscina.» Gli indico di seguirmi al cancello nell'alta recinzione bianca.

«Non puoi frequentare un altro mentre stiamo insieme» dice Jack di punto in bianco.

Spalanco gli occhi. «Non avevo nessuna intenzione di farlo. Pensavo ne avessimo già parlato.» Non che ci fossero tanti uomini che bussavano alla mia porta, specialmente visto quante ore lavoravo.

«Hai detto di prendere le cose informali. La maggior parte delle persone penserebbe che signifìchi vedere altra gente.»

Scuoto la testa. «Come se volessi qualcun altro.»

«Bene» dice Jack seccamente. «Tanto per essere chiari.»

Oh-kay. Adesso ho un uomo monogamo e arrabbiato tra le mani. Francamente non so come trattare questa bizzarra situazione. Forse rivedere Sam lo calmerà un po'.

Jack mi apre il cancello, lasciandomi passare per prima.

«Ehi, ragazzi!» grida Sam dal bordo della piscina dove sta oziando su un lettino accanto ad Alison.

«Benvenuti a casa!» dico, andando da loro per abbracciarli. Saluto mio padre, impegnato al grill. Mia madre dev'essere in casa. Sono stati invitati anche i miei cugini, zie e zii, ma non sono ancora arrivati.

Jack stringe la mano a Sam, chinandosi per dare un bacio sulla guancia ad Alison. «Benvenuti a casa. Com'era Aruba?»

«Fantastica!» esclama Sam.

«Ho le foto» dice Alison.

«E avete entrambi una bella abbronzatura» aggiungo io.

«Dovreste andare anche voi due» dice Sam. «Cocktail sulla spiaggia, i tramonti più spettacolosi. È stato veramente meraviglioso.»

Jack diventa serio. «Forse un giorno ci andremo per la nostra luna di miele. Sono veramente serio riguardo a questa relazione.»

Sam e Alison lo fissano, chiaramente sbalorditi. Jack sembra un robot che abbia mandato a memoria la cosa giusta da dire. Mi sta dando i brividi.

«Vi siete fidanzati?» chiede Sam.

«No» dico io in fretta.

«Non ancora» dice Jack.

Alison dà una gomitata a Sam e dice in tono allegro: «Spero che siate veramente felici insieme».

Sam aggrotta le sopracciglia, confuso, fissando Jack. «Che cosa c'è che non va?»

«Niente» dice Jack.

«Per qualche motivo, pensa di dover essere sempre serio con me» dico.

«Sono serio perché una relazione è una cosa seria» dice Jack un po' sulle sue.

Segue un silenzio imbarazzato. Visto? Non sono solo io. Jack non è se stesso e la cosa è strana.

«Birra?» gli chiede Sam.

«No, grazie.» Jack si rivolge a me. «Vuoi qualcosa?»

Sì, mi piacerebbe riavere il vero Jack. «Sto bene così, grazie.» Mi siedo accanto ad Alison. «Vediamo le foto della luna di miele.»

Sam si alza e fa segno a Jack di seguirlo. Si allontanano un po' e vanno verso il campo per il lancio del ferro di cavallo che ha preparato mio padre. Spero che Sam stia cercando di mettere un po' di sale in zucca a Jack. Sembra che lui si infuri tutte le volte in cui cerco di parlargliene io.

Sbircio ogni tanto nella sua direzione mentre guardiamo le fotografie della luna di miele, ma Jack resta serio, nemmeno un sorriso. Non sta nemmeno giocando al lancio dei ferri di cavallo, resta solo lì, con l'espressione cupa. Sam sembra preoccupato.

Mia madre esce di casa con una bottiglia di champagne e i bicchieri su un vassoio, che appoggia sul tavolo accanto ad Alison. «Ciao», mi dice. «Sembra che tu e Jack siate arrivati in tempo per il brindisi a Sam e Alison. Vado a prendere altri due bicchieri.» Fa un sorriso forzato, chiaramente non ha accettato il fatto che io stia con Jack.

«Grazie» le rispondo, senza sapere come fare per convincerla che Jack è una brava persona. E Jack adesso è tutt'altro che un clown. Non so che cosa gli sta succedendo. Questa faccenda è cominciata a Las Vegas con me che mi comportavo più come lui, spontanea e un po' folle, e, adesso che stiamo veramente insieme, lui si sta comportando più come me. Forse non sappiamo come rimanere noi stessi quando siamo insieme. Forse le nostre due vere personalità non sono compatibili.

Jack mi lancia un'occhiata, controllando, prima di tornare a parlare con Sam. Non sorride. Non posso fare a meno di pensare che stare con me non lo renda felice. Forse si sente in trappola. È stato coinvolto nello scherzo che gli ho fatto.

Immagino di non aver nessun altro da biasimare, tranne me stessa. Devo sistemare le cose.

Qualche minuto dopo, mia madre chiama tutti a raccolta per fare un brindisi ad Alison e Sam. Ha versato lo champagne che fa allegramente le bollicine. È un'occasione festosa. Devo smettere di preoccuparmi per Jack. Arriva mio padre e Jack gli stringe la mano, parlando in tono serio e chiamandolo signore.

«Prendete tutti un bicchiere» dice mia madre, prendendo una flûte dal vassoio. «Benvenuti a casa e ancora congratulazioni a Sam e Alison. Siamo così felici che Alison faccia ufficialmente parte della famiglia.»

Tutti fanno tintinnare i bicchieri e bevono.

«Vorrei chiarire le cose» dice Jack.

Nascondo una smorfia. So che ritiene di dover raddrizzare le cose con i miei genitori, ma meno dice loro meglio è. «Va tutto bene, Jack» gli dico piano.

«No» mi risponde. «Non è vero. Signori Walsh, voglio che sappiate che sono totalmente impegnato con vostra figlia. Non sono solo un tizio che fa il pagliaccio tutto il giorno. Sono deciso a migliorare me e la mia carriera, in modo da meritarla.»

Sam e Alison si scambiano un'occhiata confusa.

Mio padre annuisce una volta. «Ehm. Grazie per avercelo detto.»

«Sì» dice mia madre, con il sorriso fisso sul volto. «Per favore, godetevi la piscina. Io vado a controllare il cibo.»

Mio padre la raggiunge in casa, mandando Sam a controllare le bistecche sul grill. Alison lo segue. Non sono mai più lontani di mezzo metro l'uno dall'altra. Lo trovo soffocante.

Jack si lascia cadere su una sedia e si passa una mano sul volto. «Continuo a non piacere ai tuoi genitori.»

Mi siedo accanto a lui. «Non ha importanza.»

«Certo che importa. La famiglia è importante.»

Tengo la voce bassa. «Sembri così teso. Mi sembra che stia prendendo un po' troppo seriamente le cose tra di noi.»

«Troppo seriamente» ripete.

«Beh, sì. Mi piaceva il vecchio Jack, divertente e giocherellone. Mi sembra di averti influenzato nel modo sbagliato. Non c'è bisogno che tu sia come me. Mi piacevi proprio perché *non* eri come me.»

«Sono sempre io.»

«Sei così serio adesso, e devo per forza chiedermi se sei veramente felice.»

«Tu sei felice?»

«Per come vanno le cose adesso? No. Non possiamo per favore cercare di sdrammatizzare un po' la situazione?»

«Che cosa diavolo significa sdrammatizzare?»

«Non deve essere per forza una relazione seria e impegnativa, ecco tutto.»

Jack mi guarda furioso. «Quindi mi hai convinto con l'inganno ad avere una relazione e adesso non la vuoi più?»

«Non è che non voglia stare con te.»

«A me sembra proprio così.»

Mi chino verso di lui. «Il fatto è che abbiamo cominciato a un livello più profondo di quello per cui tu eri pronto e ora penso che sia meglio fare un passo indietro. Le cose dovrebbero essere semplici e divertenti all'inizio. E voglio che siano così.»

Lui si alza e si pianta le mani sui fianchi. «Sembra che siamo a un livello più profondo di quello per cui *tu* eri pronta e che ora stia cercando di addossare la colpa a me. *Sei tu* quella che non vuole una relazione.»

Mi alzo. Con la gola stretta. Sta prendendo tutto nel modo sbagliato. «Io voglio solo che tu sia felice» gli dico dolcemente. «Non mi sembri felice adesso.»

Jack mi guarda con gli occhi stretti. «Il tuo scherzo è andato troppo oltre, Riley. Non è stato divertente. Mi ha incasinato la testa e il cuore.» Gli manca la voce e si schiarisce la gola. «È stato un pessimo inizio, e non è stata un'idea mia e ora vedo che l'unico modo per sistemare le cose è che io dica basta. Porta i miei saluti e tutti.»

Mi manca il fiato. «No, Jack, per favore. Non è quello che voglio.»

Lui si volta e va a grandi passi verso il cancello.

Sam lo chiama, ma Jack continua a camminare.

Io resto lì, pietrificata, col rimpianto che aumenta di minuto in minuto. Ha ragione. Il mio scherzo è andato troppo oltre. L'ha ferito, l'ha cambiato, l'ha intrappolato in qualcosa per cui non era pronto. Era il mattacchione e l'ho rovinato. Abbasso le spalle, con gli occhi pieni di lacrime. È tutta colpa mia. Mi stringo nelle braccia. Ho le guance rosse per la vergogna.

«Che cos'è successo?» chiede Sam, apparendo al mio fianco.

Scuoto la testa, senza riuscire a parlare. Ho un groppo in gola. Avrei dovuto sapere che non era il caso di fare uno scherzo che avrebbe coinvolto Jack in un modo così profondamente personale. L'ho ferito. Ed è quello che alla fine fa arrivare le lacrime.

Corro in casa e mi chiudo nel bagno al piano di sopra, con le lacrime che mi scorrono sulle guance. Non avrei mai voluto dire addio a Jack. Volevo solo che fosse se stesso. Volevo che tornasse a essere felice. Forse non è possibile che sia felice con me.

13

———

Jack

Sono al terzo giorno senza Riley e mi trascino a casa tornando dal lavoro. Ho pensato che se fossi stato io a scaricare Riley, invece del contrario, le cose sarebbero state più facili, ma ho scoperto che non è così che funziona quando c'è di mezzo il cuore. La cosa mi fa ancora incazzare. Mi ha imbrogliato coinvolgendomi in una relazione, e io ho fatto un passo in più, cercando di essere ciò che merita e, tutt'a un tratto, è lei che non mi vuole. Manteniamo le cose informali, dice. Leggere. Stronzate. È il suo modo di dire che non vuole una relazione. Sapete una cosa? Ho avuto tante storie così. Una fila infinita di donne a cui non ho più ripensato. Pensavo che Riley fosse diversa. Mi piaceva e pensavo che provasse affetto per me.

Faccio una doccia come sempre dopo il lavoro, prendo una birra e vorrei che apparisse per magia un po' di cibo spazzatura. Tutto ciò che ho sono avanzi di insalata, lasciati da *lei*. Non ho intenzione di mangiare l'insalata e sono troppo esausto per andare a fare la spesa. Potrei telefonare per farmi portare a casa qualcosa, ma non c'è niente che mi attiri. Birra per cena, ecco.

Appoggio i piedi sul tavolino e accendo la TV, passando da un canale all'altro per cercare la partita degli Yankees. Due inning dopo, gli Yankees sono sotto di uno e io sono alla mia seconda birra. Peccato non avere nove birre, una per ciascuno dei nove inning. Allora forse riuscirei a togliermi Riley dalla testa.

Bussano alla mia porta. La guardo furioso. *Non* ho voglia di compagnia. Probabilmente è Sam. Rick si è trasferito e nessun altro che conosco potrebbe entrare nell'edificio senza suonare al citofono.

Continua a bussare forte. In effetti sembra che qualcuno stia prendendo a calci la porta, è un suono basso. La voce di Sam mi arriva attraverso la porta. «So che sei lì, sento la TV.»

Sbuffo. Probabilmente è qui per farmi pagare il fatto di aver scaricato sua sorella. È esattamene questo il motivo per cui era in vigore il codice dei fratelli.

Fanculo. Non ho intenzione di perdere il mio miglior amico a causa sua. Sam e io eravamo amici molto prima che lei piombasse nella mia vita con il suo trucco del finto matrimonio e le mutandine modeste. *Non pensare a quello.*

Mi alzo e mi rendo conto di essere un po' più brillo di quanto pensassi. Oggi non ho mangiato molto. Ultimamente non ho avuto molto appetito.

Sam dà un altro calcio alla porta. «Dai, apri, sono Sam.»

«Aspetta.»

Vado alla porta e la spalanco. Sam è lì con una scatola di pizze e una confezione da sei della mia birra preferita. Quasi mi si chiude la gola. È dalla mia parte. Un fratello.

Sam scuote la testa. «Hai un aspetto da far schifo. Ho portato da mangiare.»

«Grazie» riesco a dire nonostante il groppo in gola.

Lui si mette comodo sul divano e apre una birra. Mi siedo accanto a lui e prendo una fetta di pizza con la salsiccia e il salame piccante, la mia preferita. La mia birra e la mia pizza preferite. Pensavo che avrebbe preso le parti di Riley. Il sangue è più denso dell'acqua e così via. È il motivo per cui non avevo risposto ai suoi messaggi e alle sue telefonate.

Sam prende una fetta di pizza, con gli occhi puntati sulla partita degli Yankees. Restiamo lì, mangiamo, beviamo e parliamo della partita. È come ai vecchi tempi. Finita la pizza, comincio a sentirmi di nuovo umano. Giuro che è come se avessi tentato di funzionare con una ferita aperta sul fianco. Riley ha portato via un pezzo di me. Sono un ferito che cammina.

Sam comincia a parlare quando la partita finisce. «Allora le cose si sono messe male tra te e Riley.»

«Sì.»

«Lei dice che non sei più te stesso, che ti stai sforzando troppo di essere serio.»

Sbuffo. «È lei che mi ha coinvolto per scherzo in una relazione.»

Sam spalanca gli occhi. «Per scherzo?»

Mi passo una mano tra i capelli. «Lascia perdere.»

«Non ho intenzione di lasciar perdere. Sei depresso, lei è depressa. È ovvio che dovreste stare insieme.»

Apro un'altra bottiglia di birra e lui me la porta via. «Ehi!»

«Jack, che cosa sta succedendo? Un attimo prima dici a tutta la mia famiglia che sei veramente impegnato con lei e un attimo dopo le dici addio. Che cos'è successo? Sei andato nel panico al pensiero di impegnarti?»

«Io?» gli chiedo, incredulo.

«È il motivo per cui le avevo detto di starti alla larga. Tu non ti impegni mai.»

«L'ho sposata!»

Sam spalanca gli occhi. «Cosa?»

Agito le braccia. «Pensavo di averlo fatto, ma era lei che mi aveva fatto uno scherzo e poi l'unico modo per uscirne era non consumare il matrimonio e ottenere un annullamento, ma poi anche quello presentava un problema, quindi stavo veramente pensando a restare sposato. Poi, non so come, mi sono trovato in una relazione seria!»

Sam mi fissa come se avessi due teste. «Fratello, mi stai dicendo che non eri andato a letto con mia sorella, ma l'avevi sposata?»

«Sì! È esattamente com'è cominciata tutta questa storia. Mi dici quant'è incasinata?»

«Molto.» Sam fissa il soffitto per un po', prima di guardarmi negli occhi. «Quindi voi due siete sposati?»

Alzo un dito. «È così che mi ha imbrogliato. Oh, tua sorella è subdola. Mi aveva detto che ci eravamo sposati a Las Vegas e io ero troppo sbronzo per ricordarlo, e poi mi aveva assicurato che sarebbe andato tutto bene, perché potevamo chiedere un annullamento, senza dirlo a nessuno, purché non facessimo sesso.»

«Ah!»

«Non è divertente. Mi ha attirato con l'inganno in una relazione.»

«Ti ha fatto uno scherzo. Le dicevo sempre che eri il re degli scherzi.» Mi dà una gomitata nelle costole. «Una Riley giocherellona. Sinceramente non è da lei. Dev'essere stata Las Vegas.»

«Come sono fortunato!»

«Allora qual è il problema. Ce l'hai ancora con lei per il finto matrimonio?»

«No.» Mi strofino la nuca. «Ridammi la mia birra.»

Lui me la passa e bevo un lungo sorso. Non riesco ad ammettere la verità. Che mi sono innamorato di lei e che lei non ricambia. Lei vuole che sia il solito giocherellone, sempre. Beh, quello non è il tipo d'uomo con cui si fa sul serio, e, per la prima volta in vita mia è quello che voglio. Fa schifo. L'amore fa schifo. Ed è il motivo per cui l'ho evitato così attentamente in tutti questi anni.

Sam aggrotta le sopracciglia, concentrato. «Forse il fatto di non aver fatto sesso vi ha dato il tempo di conoscervi meglio. Forse è quello che ha portato a una relazione più profonda. Non un inganno, in realtà. Se ci pensi, devi ammetterlo, non sei mai rimasto abbastanza lungo con una donna da provare a conoscerla.»

«Non è una relazione seria. No. Lei vuole mantenere le cose informali e superficiali. Io non ci riesco.» Mi si stringe la gola e distolgo lo sguardo. «Non con lei.»

«Voi due dovreste parlarne. Divisi, siete entrambi depressi.»

Scuoto la testa. *Non servirebbe a niente. Non c'è niente che servirebbe.*

Sam mi afferra una spalla. «Non rinunciare a lei.»

«È lei che ha rinunciato a me.»

Sam apre la bocca e la richiude, come se non ritenesse di dovermi dare altri consigli. Bene. Perché nessun consiglio al mondo potrebbe cambiare i fatti. Riley non fa sul serio con me. Sono solo io che ci sono dentro fino al collo e mi sto dibattendo come un pesce fuor d'acqua. Lo detesto.

Sam si alza. «Devo andare. Resisti.»

Mi sforzo di adottare un tono calmo. «Sto bene.»

Lui inclina la testa guardandomi prima di andare verso la porta.

«Non dirle niente di quello che ti ho detto» aggiungo.

Sam si volta. «Non preoccuparti.»

«Non sono preoccupato. Solo, sai, se la vedi, dille che sto bene. No, dille che vado alla grande.»

Lui scuote tristemente la testa. «Non ho intenzione di mentirle. A più tardi.»

Esce e io resto a fissare la porta per un momento prima di prendere la birra e finirla. Metto la bottiglia vuota sul tavolo e torno a buttarmi sul divano. Mi passano per la mente ricordi indesiderati di Riley. La prima volta in cui ci siamo incontrati tanti anni fa, quando era con Sam. L'interesse evidente nei suoi occhi mentre mi fissava. Anni dopo, quando l'avevo vista prima che cominciasse il suo nuovo lavoro, con quell'aspetto così professionale e competente, così lontano dalla mia vita. Las Vegas. Quando avevamo ballato, parlato, riso. Quello era quando eravamo ubriachi. Da sobri, le differenze tra di noi sono troppo forti.

Mi passo una mano sulla faccia. Devo smettere di pensare tanto a lei. Mi rifiuto di andare a pezzi per una donna.

~

Riley

«Sam! Che cosa ci fai qui?» È quasi mezzanotte di un mercoledì. «C'è qualcosa che non va con la mamma e il papà?»

«No. Posso entrare per qualche minuto?»

Mi faccio da parte. «Sì, certo.»

Lui entra e saluta la mia coinquilina, Greta, infilata sotto le coperte sul divano mentre guarda qualcosa sul suo laptop.

«Possiamo andare a sederci in camera mia» sussurro. «Lisa fa il turno di notte in ospedale.» La mia compagna di stanza è un'infermiera di pronto soccorso.

Torno nella mia stanza e mi siedo sul letto. Ho la sensazione che sia qui per parlare di Jack, Sam ha visto la mia faccia rossa a chiazze domenica, quando avevo pianto perché Jack se n'era andato. Ho solo bisogno di fingere di averlo superato. Non voglio ricominciare a piangere. Sono giorni che piango e sono stanca di piangere per Jack. Non ho nessuno da biasimare eccetto me stessa per il mio scherzo maldestro.

Sam mi segue, chiudendo la porta e sedendosi sul letto di Lisa di fronte a me. «Stavi lavorando fino a tardi?» Indica il mio laptop sul letto, insieme a una pila di carte.

«Sì, ero troppo inquieta per dormire, quindi ho pensato di portarmi avanti con un po' di lavoro.»

«Come stai?»

«Bene» dico, mentendo e sistemando le carte in una pila ordinata.

«Ho appena parlato con Jack.»

Sento gli occhi che scottano e sbatto rapidamente le palpebre, cercando di tenere a freno le lacrime, con il cuore che batte forte. «Ah sì? Come sta?»

«Triste e depresso come te, anche se vuole che tu pensi che stia bene.»

Mi fa male il cuore. Mi sento in modo orribile per averlo ferito. Non avrei mai dovuto tentare di avvicinarmi a lui con uno scherzo. Non ho preso in considerazione i suoi sentimenti. È stato un gesto egoista e sbagliato.

«È colpa mia» riesco a dire con la voce soffocata. «L'ho ferito. Ho fatto una cosa di cui mi vergogno...» Mi torco le mani. «Mi dispiace tanto.»

«Dai, non può essere così brutta.»

«Sì, invece» dico alzando la testa. «Sono una persona orribile, senza cuore.» Asciugo una lacrima e lo guardo negli occhi, aspettandomi che mi giudichi. Invece sembra che mi compatisca. Distolgo lo sguardo, asciugandomi freneticamente le lacrime.

Sam mi passa un fazzolettino e si siede accanto a me. «Non sei una persona orribile e senza cuore.»

«È così. Gli ho fatto uno scherzo, ma era tutto sbagliato. Non era un divertimento innocuo.» Mi soffio il naso e appallottolo il fazzoletto. «Praticamente l'ho attirato in una relazione che non ha mai voluto e per cui non era pronto. È il motivo per cui si sta comportando in modo così strano, cercando di essere super serio, come se pensasse di doverlo essere per adeguarsi al ruolo a cui l'ho obbligato.»

«Okay, prima di tutto, nessuno può obbligare Jack a fare qualcosa che non vuole. Fidati, è lui quello che dirige l'azione, non quello che prende gli ordini.»

Scuoto la testa, con gli occhi che bruciano. Sam non capisce. Ho incasinato la testa di Jack e il suo cuore. È fuori dal suo elemento, non è abituato alle relazioni. L'ho distrutto. Singhiozzo e mi copro la faccia con entrambe le mani, imbarazzata per essermi lasciata andare di fronte a Sam. Di solito non sono il tipo che piange.

Sam mi parla a voce bassa, rassicurante. «So che ho sempre detto quant'era divertente Jack e ho raccontato i suoi folli scherzi, perché sono spassosi. Lui è l'anima delle feste.»

Alzo la testa, con le lacrime che mi offuscano la vista. «Lo so. E io l'ho rovinato!»

«Non l'hai rovinato. Jack ha un lato serio. Nessuno può essere divertente e giocherellone tutto il tempo. Ecco, per esempio: quando la mamma di Rick è morta improvvisamente, Jack ha noleggiato un'auto e ci ha portati tutti a Boston per il funerale. E quando siamo tornati, per settimane si è fatto vivo tutte le sere con del cibo da asporto per Rick. Ne prendeva a sufficienza anche per me, in modo che sembrasse che stessimo solo passando del tempo insieme, ma io sapevo, e lo sapeva anche Rick, che era il modo di Jack di stargli vicino. Non un solo scherzo in tutto quel tempo.»

Resto a bocca aperta. Jack sa come stare vicino a qualcuno nelle occasioni importanti. Mi torna in mente che Jack si era fatto vivo il giorno del mio compleanno, dicendomi che avrei avuto un mattone con inciso il mio nome nel cantiere in cui stava lavorando. Era stato un gesto dolce e premuroso e, adesso che ci ripensavo, doveva aver voluto qualcosa di permanente che mi legasse a lui.

Sam continua. «Quindi, se ti ha mostrato quel lato più serio, non era una recita. Non sei tu che l'hai fatto diventare così. Era sincero.»

Mi porto la mano alla bocca, con gli occhi che si riempiono ancora di lacrime. Tutti quei discorsi seri da parte di Jack erano perché stava cercando di dimostrarmi che era serio con me. Pensavo che fosse troppo e troppo in fretta e che si sentisse obbligato. Pensavo che stesse recitando una parte pensando che fosse ciò che volevo. Ma se era sincero, dev'essere perché prova dei sentimenti profondi per me. E anch'io per lui. Non mi ero resa conto di quanto mi fossi innamorata di Jack finché non l'avevo perso.

Lascio cadere la mano. «Penso di aver fatto un orribile errore. Di nuovo. Continuo a fare casino con lui. Ho respinto il suo lato più serio perché pensavo che non fosse se stesso. Continuavo a dirgli di tornare a essere il solito Jack divertente, e lui si arrabbiava sempre di più.»

«Perché ti ama.»

Mi manca il fiato e le lacrime scendono di nuovo. «Lo spero, perché sono innamorata di lui.»

Sam mi appoggia una mano sulla spalla. «Fidati, ti ama. Non ho mai visto Jack così perso per una donna. Si può sistemare tutto. E Jack non porta mai rancore.»

Ha ragione. Jack non mi aveva portato rancore per lo scherzo che gli avevo fatto, lasciandolo nudo nella stanza, ma questo è un territorio delicato, riguarda i sentimenti. Fisso il pavimento, con le sopracciglia aggrottate, concentrandomi mentre cerco di capire come sistemare le cose con Jack.

Sam si alza e mi bacia la testa. «A più tardi. Cerca di non spezzargli il cuore.»

«Non lo farò, lo giuro.»

Sam mi fa l'occhiolino e va verso la porta.

È strano come Sam mi abbia tenuta lontana da Jack perché non voleva che mi spezzasse il cuore e adesso mi stia chiedendo di non essere io a farlo con lui. Sarebbe possibile solo se Jack provasse per me quello che provo io per lui. Ho cominciato io tutto, ho incasinato tutto e devo essere io a sistemarlo.

La domanda è: come?

14

———

Jack

Sto ringhiando con tutti al lavoro da tutta la settimana, ma non riesco a farne a meno. Vorrei star bene come ho detto a Sam, ma non è così. Non so se starò mai bene. Riley mi ha strappato il cuore dal petto e da allora sono l'ombra di me stesso. Fottuto amore. Fottuto stupido cuore. Lo rivoglio tutto d'un pezzo. Voglio sentirmi di nuovo normale. È venerdì e non sono contento che arrivi il fine settimana. Tutti i giorni fanno schifo.

Porto il pranzo in una vecchia aula della scuola che stiamo trasformando in spazi per uffici, mi siedo sul pavimento e apro l'involucro di alluminio. È un panino con le polpette, uno dei miei preferiti. Dylan mi ha fatto una sorpresa, portandomelo. Stavo portandomi il pranzo da casa ogni giorno per risparmiare da quando Riley era entrata nella mia vita. Stupidamente, pensavo che avrei dovuto comprare un posto per noi, invece di prendere in affitto un appartamento. Qualcosa di permanente. Che stupido. Ho lo stomaco sottosopra. Richiudo l'involucro e lo metto da parte e resto lì seduto, a fissare il pavimento di linoleum.

Non posso fare a meno di pensare che sia il karma che me lo stia mettendo in quel posto per tutti gli scherzi che ho fatto nella mia vita. Una volta ho dato a Connor un quadro che avevo trovato sul marciapiede e gli ho detto che era di un famoso artista di strada. È appeso nel suo appartamento da anni. Pura spazzatura. Tempo fa, quando Brendan era il mio compagno di stanza, avevo tagliato le stringhe delle sue scarpe da corsa, solo un pezzettino per volta, giorno dopo giorno, finché non era più riuscito a legarle. Da ragazzo, ero riuscito a convincere i miei genitori che la scuola era chiusa per il maltempo, quando invece avevano solo ritardato l'entrata. I miei fratelli lo avevano apprezzato. Non so nemmeno contare le volte in cui ho scambiato il sale con lo zucchero o lo shampoo con il gel da barba. Roba innocua, per la maggior parte. Non ho mai ferito i sentimenti di nessuno.

È per questo che sono incazzato. Riley ha esagerato. Non ho mai fatto scherzi alle donne, dopo essermi reso conto che lo trovavano irritante. Mi ero limitato a essere affascinante e a condividere il piacere.

Ho promesso a tante donne di restare in contatto quando non avevo intenzione di rivederle. Ho finto che molte donne fossero speciali mentre non mi prendevo il tempo di conoscerle veramente. Volevo solo la soddisfazione fisica.

Ho ferito i loro sentimenti? Non è possibile che si fossero affezionate a me dopo una sola notte, no? Ma se qualcuna lo avesse fatto? O più di una?

Diavolo, moltissimi uomini non fanno sul serio. Non era uno scherzo. Probabilmente avrei dovuto essere più sincero, dicendo loro che per me era solo una cosa temporanea. Invece avevo fatto promesse che non avevo intenzione di mantenere. Questa è stata la rivincita peggiore che potesse esistere. Riley aveva detto che voleva una cosa informale, ma è mille volte peggiore di quanto sia mai stato io. Mai scherzare sull'amore. È solo umana decenza. Mi ha imbrogliato, facendomi innamorare di lei, ed è stato il peggior errore della mia vita.

Connor infila la testa nella classe. «Dylan ti ha castigato facendoti sedere nell'angolo?»

Mi allontano dall'angolo. «Non sono nell'angolo, sapientone.»

Connor ha due anni meno di me ed è il più riservato dei

miei fratelli. Attraversa la stanza e si siede accanto a me con il suo pranzo, un sandwich con patatine sulle fette di roastbeef e formaggio provolone. Si porta il pranzo da casa da anni, sempre lo stesso, perché sta risparmiando per comprarsi un appartamento.

Dà un morso al suo sandwich, mastica, ingoia. «Non hai fame?»

«No. Vuoi il mio sandwich con le polpette?»

«No, grazie. Mi basta questo. Almeno portati a casa il panino per le cena.»

«Sì, mamma.»

Lui mi dà una gomitata. «Sembra che tu non dorma da una settimana. È ancora il cane del vicino che ti tiene sveglio di notte o il cuore spezzato?»

E la cosa strana è che non sembra che mi stia prendendo in giro. Ha quel suo tono tranquillo, calmo. Solo il suo solito contegno. Sono quasi sul punto di ammettere che ho il cuore a pezzi e che non so se tornerò mai quello che ero. Come quando si incolla un vaso rotto. Non riprende mai completamente la sua forma originale. Sembra sempre irregolare e fa schifo.

«Il cane è tranquillo adesso» dico. «Lo portano nel letto con loro.» Riley ha risolto il problema, aggiungo mentalmente. Ed è stato in quel momento che ho avuto la stupida idea di sposarla sul serio e poi sono diventato troppo serio per lei. Scusatemi se finalmente provo dei sentimenti profondi per una donna e ho preso la cosa sul serio. Non ho intenzione di scherzare su una faccenda seria come quella. Ci sono limiti agli scherzi. Ovviamente Riley è troppo nuova in questo campo per sapere che cosa diavolo sta facendo.

«Comunque non mi sembrava adatta a te» dice Connor.

Lo guardo storto, più che altro perché non sono mai stato sicuro che Riley e io fossimo sullo stesso piano. «Perché no?»

Lui dà un altro morso al suo sandwich, pensieroso. «Immagino che sembrasse troppo convenzionale o roba simile. Non il tuo tipo, insomma.»

«Perché ti sembrava convenzionale? L'hai incontrata una

sola volta, al barbecue. Non era semplicemente abituata alla nostra famiglia. La sua è più formale.»

Sembra scettico. «E il suo vestito era... non so... tutt'altro che sexy.»

«Tutt'altro che sexy!» sbotto. «Era molto sexy il modo in cui nascondeva le sue curve. Gliel'ho praticamente strappato di dosso appena siamo entrati nel mio appartamento.»

Lui alza un sopracciglio e torna a mangiare il suo sandwich mentre io ribollo. Non capisce niente di Riley. È veramente sexy e appassionata. Solo, ci vuole la persona giusta per tirare fuori quel lato di lei. Pensavo che fosse uno dei motivi per cui stavamo bene insieme. Ovviamente il sesso favoloso non basta per reggere una relazione.

Connor finisce il sandwich e rimette l'involucro nel sacchetto. «Non lavora come commercialista in una società? È un'altra cosa che non la rende adatta a te. Lei è un colletto bianco, tu no.»

M'inalbero, specialmente perché temo che abbia ragione. «Da quando hai tutti questi pregiudizi?»

«Da quando hai bisogno di un intervento per vederci chiaro.» Emette un fischio e i miei fratelli entrano nella stanza. «Sei un fottuto pericolo in cantiere.»

«Grande! Proprio ciò di cui avevo bisogno» borbotto. «Altri consigli di merda dai miei fratelli.» Mi alzo e dico con il mio tono più battagliero: «Lasciatemi indovinare. Dylan e Sean, voi mi direte che andrà tutto bene. Ci siete passati, la faccenda delle relazioni per voi non è più un mistero e che le cose andranno meglio. Ed è una stronzata che non mi aiuta per niente. E il resto di voi mi dirà che ci sono altri pesci nel mare, perché ci sono. Ovviamente! Ma io non voglio un altro pesce! Quindi andatevene e lasciatemi in pace».

Connor si alza ed esce.

Accidenti, solo perché ho alzato la voce? Ci hanno cresciuti insegnandoci a coprirci le spalle a vicenda.

Dylan fa un sorrisino, guardandomi negli occhi azzurri come i miei. «Non è un intervento, Jack. Connor stava scherzando. Calmati.»

«Allora perché se n'è andato?» chiedo.

I miei fratelli si affollano intorno a me e provo una sensazione di disagio. È la loro rivincita per tutti gli scherzi che ho fatto? Hanno intenzione di sollevarmi e scaricarmi nel cassonetto che c'è dietro? Spogliarmi e buttarmi nudo nell'East River?

Brendan sogghigna malignamente. «Guardate la sua faccia! Pensa che stiamo per ucciderlo. Che ci vendicheremo per tutte le volte che ci ha fatto uno scherzo.»

Raddrizzo le spalle. «No, non è vero, ma mi state girando intorno come se aveste intenzione di fare qualcosa. Non so che cosa. Non posso farci niente se sono stato di pessimo umore tutta la settimana.»

Beast è il primo a parlare. «Ti ha strappato fuori il cuore e fa male.» C'è tanta compassione nella sua voce, tanta verità che gli rispondo: «Sì!».

«Mi dispiace» dice una voce femminile.

I miei fratelli si dividono mentre Connor entra con Riley. Che diavolo? Sbatto le palpebre. Di colpo riesco a vedere Connor e Riley come coppia, entrambi così ragionevoli e seri. Riley indossa un tailleur, giacca blu scuro, blusa bianca, gonna blu scuro, scarpe dal tacco basso in tinta. Sembra che sia appena tornata dal lavoro. No, non possono stare insieme. In qualche modo l'ha portata qua. Dovrebbe essere in ufficio, non in un cantiere a Brooklyn.

Non reggo la suspense. «Che diavolo sta succedendo?»

Dylan mi si para davanti. «Datti una calmata. Riley sta per cercare di riconquistarti. Comportati bene.»

La guardo con la bocca aperta. I miei fratelli si fanno indietro, ma non se ne vanno. Ha intenzione di pregarmi di tornare con lei davanti a tutti questi testimoni? Ci vogliono delle palle d'acciaio.

Sono di fianco a lei prima ancora di rendermi conto di aver attraversato la stanza. «Che cosa ci fai qui?»

«Volevo mostrarti qualcosa.» Ha una borsa di tela appesa a una spalla e ne tira fuori qualcosa andando al davanzale della finestra.

La seguo e sento i passi dei miei fratelli dietro di me, che cercano di dare un'occhiata. Non m'interessa. Ho gli occhi fissi sul tovagliolino di un bar di Las Vegas.

«Ho tenuto dei souvenir del tempo che abbiamo passato insieme perché era così speciale.» Poi appoggia sul davanzale il suo velo da sposa, la fede d'oro e la schedina di plastica dell'albergo. «C'è dell'altro.» Poi viene la vite che le avevo dato scherzosamente il giorno del suo compleanno, una bandierina americana presa al barbecue del Quattro Luglio dei miei genitori e delle mutandine di pizzo nero strappate, che afferro subito infilandomele in tasca. Non è necessario che i miei fratelli vedano una cosa così intima.

Lei mi guarda, con il cuore negli occhi. «Ho adorato il tempo che abbiamo passato insieme, a ballare e a divertirci al bar, ho adorato essere sposata con te per finta, ho adorato il fatto che fossi così attento a proteggere la tua famiglia, perché non volevi che si sentissero feriti pensando di essersi persi il matrimonio, adoro che ti sia presentato per la festa di compleanno a casa dei miei genitori e adoro il fatto che mi abbia portato a conoscere i tuoi. Adoro il fatto che tu sia spontaneo e abbia un gran senso dell'umorismo, e adoro anche che tu possa essere serio, quando ci sono sentimenti veri in ballo. E questa è la cosa più importante. Mi dispiace non aver capito prima che regalo prezioso era il tuo lato serio. Puoi perdonarmi?»

La fisso, ho la bocca secca. Mi mancano le parole.

～

Riley

Jack mi guarda senza espressione per un po', e ho paura di essere arrivata tardi. Ha chiuso con me. Guardo le facce incuriosite dei suoi fratelli e raccolgo ogni grammo di coraggio che possiedo. Voglio che capisca quanto sono seria. Adesso la mia paura è che non provi più gli stessi sentimenti per me.

«Jack, non sapevo come avvicinarmi a te, quindi ho usato quello per cui eri famoso, tutti quei folli scherzi, e mi scuso sinceramente per lo scherzo di Las Vegas perché mi sono resa conto che è giusto solo quando è divertente per tutti e non quando possono potenzialmente essere coinvolti i sentimenti. Voglio che tu sia te stesso, spiritoso o serio, perché amo tutto di te.»

«Ami?»

Annuisco, con la gola quasi chiusa dall'emozione. «Volevo più divertimento nella mia vita e mi rendo conto adesso che tu non sei solo quello, e va bene così, perché la sincerità e la serietà fanno ben sperare per un futuro a lungo termine, cosa che spero avremo.» Mi si spezza la voce e faccio un profondo, tremante respiro. È troppo tardi?

Jack mi fissa per un lungo minuto.

Non credo di essere riuscita a farmi capire, ma ho un ultimo asso nella manica. Tiro fuori il mattone. È il tipo di mattone che si può far incidere per essere inserito nel marciapiede del campo giochi che stanno costruendo qui. Jack me ne aveva preso uno con il mio nome per il mio compleanno. L'ho fatto modificare con l'aiuto di suo fratello. Lo sollevo per mostrarglielo.

«Riley Walsh-Rourke» dice, leggendo l'incisione. «Come hai fatto...»

«L'ho aiutata io» dice Connor.

«Era nel vostro ufficio quando mi sono presentata ieri» dico.

Jack mi guarda così a lungo che mi si riempiono gli occhi di lacrime. Non sono sicura di essere riuscita a superare le sue difese. Forse è veramente troppo tardi.

Ho gli occhi che scottano, ho la gola penosamente chiusa. «In conclusione, amo tutto di te e sono veramente contenta di aver avuto la possibilità di conoscerti e se, in qualche momento nel futuro riuscirai a perdonarmi, mi piacerebbe veramente tanto passare del tempo con te e pensare a un futuro insieme. Sono seria riguardo a noi due.»

Gli offro il mattone, ma Jack non lo prende. Si limita a fissarlo.

Lentamente, lo appoggio sul davanzale della finestra con tutti i miei souvenir del nostro tempo insieme, con la vista offuscata dalle lacrime. I souvenir sono tutto quello che mi rimane adesso.

Nella stanza c'è un assoluto silenzio.

Tutti fissano Jack, aspettando la sua reazione. Non riesco a sopportare il suo sguardo, sapendo che ha chiuso con me.

Jack

Riley mi ama. Il peso che sentivo sulle spalle sparisce di colpo e mi sento leggero. Sento il calore che si irradia dal mio petto. Il cuore è tornato al suo posto, di nuovo intero. Non sto più dibattendomi in un mare in tempesta. Riley mi *ama*. Vorrei gridarlo a tutto il mondo dal tetto più alto di Brooklyn, tanto è importante. Ma prima devo farle capire quanto l'amo anch'io.

«Ry, quel mattone è parecchio presuntuoso» dico, indicandolo.

Lei lo fissa. «Lo so. Connor ha detto che può cancellarlo, sabbiandolo, se non ti piace.» Fa per andare a rimetterlo nella borsa e io glielo prendo, appoggiandolo accanto alla fila dei souvenir del nostro tempo insieme.

Emetto un sospiro esagerato. «Sapevi che non ho mai avuto relazioni serie. È il motivo per cui Sam non voleva fin dall'inizio che facessi casino con te.»

«Lo so.»

«Ma mi hai imbrogliato, coinvolgendomi.»

«Mi dis...»

«Non chiedere scusa. È probabilmente l'unico modo che avrebbe funzionato con Sam, e non mi ero reso conto di che cosa mi stavo perdendo finché non l'ho trovato con te. Quello scherzo mi ha permesso di conoscerti meglio e posso solo considerarlo una cosa buona. La migliore, in effetti, che mi sia mai capitata.»

Riley spalanca gli occhi e la sua voce assume un tono dolce e speranzoso. «Mi perdoni?»

La prendo tra le braccia. «Perdono, non dimentico. Preparati a subire i miei scherzi.»

Lei sorride e mi mette le braccia intorno al collo. «Potrebbe sfuggirci di mano. Tu fai uno scherzo, poi lo faccio io e continuiamo così in eterno.»

Sorrido contro le sue labbra. «Ti amo, Riley Walsh, un giorno Riley Rourke.»

«Ti amo anch'io!»

Un coro di fischi e urrah esplode intorno a noi. Guardo i miei fratelli che sorridono, avevo quasi dimenticato che erano qui. Non riesco a credere che Riley abbia fatto la sua grande dichiarazione d'amore davanti a tutti. Deve essere veramente pazza di me.

Prendo la chiave elettronica del mio edificio dal portafogli e la chiave del mio appartamento dalla tasca. «Vieni a vivere con me» dico, prendendole la mano per dargliele. «Ci vedremo lì subito dopo il lavoro.» Vivere insieme è il prossimo passo verso una relazione seria ed è esattamente ciò che abbiamo.

«Puoi uscire prima» dice Dylan con un ampio sorriso. «È venerdì e Jack è innamorato. Se questa non è una festività, non so che cosa possa esserlo.» Sogghigna. «Sono già d'accordo con Riley.»

Sorrido mentre mi volto a guardare Riley. «Sicura di te, vero?»

Mi sorride anche lei, scuotendo la testa. «Speranzosa, per niente sicura.»

L'abbraccio stretta. Non voglio più lasciarla andare. Sento un'ondata di sollievo. Prova i miei stessi sentimenti. Non sono da solo in questa serissima faccenda delle relazioni e mi sento rilassato. Riley ama entrambi i lati di me, quello serio e quello un po' folle. Non devo cercare a tutti i costi di dimostrare che sono pronto a impegnarmi. L'ho già dimostrato.

«Mio Dio, adesso è diventato un tipo da abbracci» dice Brendan.

«Scommetto che fa anche le coccole» dice Beast.

Ridono tutti. Scuoto la testa mentre raccolgo la collezione

dei "souvenir di Jack e Riley" e le rimetto nella borsa, portandola per lei.

«Andiamo a casa» dico, mettendole un braccio sulle spalle.

«Mi piace questa frase.»

Quando arriviamo a casa mia, sono così contento di averla tutta per me di nuovo, di sapere che mi vuole veramente, a lungo termine, che la porto oltre la soglia come se fosse la mia sposa.

Lei mi strofina il volto sul collo. «Principe romantico.»

«Ehi, non sei male nemmeno tu, con il tuo gran gesto davanti a tutti quei testimoni.»

«È stato grande, vero? E anche sincero.»

La rimetto in piedi accanto al mio letto e la bacio, interrompendomi solo per toglierle i vestiti. Mi spoglio anch'io e la placco, finendo sul letto con lei e facendola rotolare sotto di me.

Mi appoggio ai gomiti. «Sei la prima donna cui piacciono veramente i miei diversi lati.»

Le sue dita giocherellano con i capelli sulla mia nuca e sorride. «Sono la prima donna a vederli, scommetto.»

«Probabilmente hai ragione. Mi sei mancata così tanto.»

«Tu mi sei mancato in un modo quasi ridicolo. Veramente patetico. Ho pianto e pianto e ho mangiato troppo cioccolato.»

«Patetico, eh?» Le scosto i capelli dal viso e le appoggio la mano sulla guancia. «Devo dire che mi piace sentirlo. Un cuore infranto per me. Saresti la prima anche in quello.»

«Sono sicura che hai lasciato una scia di cuori infranti. Solo, non sei rimasto intorno abbastanza a lungo da saperlo.»

«Non così. Nessuno ha mai significato quello che significhi tu per me. Ero patetico anch'io.»

Riley mi bacia teneramente. Il bacio si intensifica quando prendo il controllo, col bisogno di unirmi a lei. Solo il tempo di mettermi un preservativo e poi sono a casa.

«La prossima volta andrò piano» le prometto. «Ma adesso ne ho bisogno. Ho bisogno di te.»

Lei arcua i fianchi, alzandosi per venire incontro a ogni mia spinta. «Sì, Jack.»

Reclamo la sua bocca mentre spingo a fondo, con il cuore che scoppia mentre i nostri corpi e le nostre anime si uniscono. Alzo la testa, guardando nei suoi caldi occhi castani. Questo è l'amore che aspettavo da tutta la vita. La mia compagna ideale.

Riley avvolge le caviglie in alto, intorno alla mia vita. «Ancora.»

Le do ciò di cui ha bisogno. I suoi fianchi si impennano sotto di me mentre viene e io mi lascio andare, tremando con il mio orgasmo.

Un lungo momento dopo, alzo la testa. «Sai che cos'è la cosa migliore in una relazione seria e monogama come questa che volevi così disperatamente con me?»

Lei ride. «Che cosa?»

Le mordo il labbro. «Sesso tutte le volte che voglio.»

«Non credo che funzioni proprio così.»

«Sì, invece, quando la tua donna ti trova così irresistibile da dichiarare il suo amore di fronte a tutti i tuoi fratelli. C'è voluto del fegato, donna.» Le bacio il collo, sorridendo. L'amo così fottutamente tanto.

Lei mi accarezza la schiena. «Vero. Ma non direi sesso tutte le volte che lo desideri. Cioè, e se fossi in ufficio?»

Alzo la testa. «Semplice. Chiuderei a chiave la porta del tuo ufficio e ti piegherei sopra la scrivania.»

Lei arrossisce. «E se sei tu al lavoro?»

Semplice. «Chiuderei a chiave la porta del bagno e poi pompino.» Le bacio la bocca sorridente. «Sei una maga in quel campo.»

«Mmm... e se fossimo a una festa di famiglia?»

Semplice. «Chiuderei a chiave la porta del bagno...»

«E poi pompino» finisce lei per me.

«Stavo per dire che ti avrei preso contro la parete, ma mi piace anche la tua versione. In effetti non rifiuterò mai e poi mai un pompino. Sentiti libera di offrirmelo tutte le volte che vuoi.»

«O viceversa.»

Rotolo sulla schiena e la tiro con me, sistemandola sopra. «Sotto uno dei tuoi abitini modesti in qualche evento molto affollato. Ry, sei una ragazzaccia.»

«Oh, Jack, mi sembra che tu sia tornato, che sia tornato tutto di te. Stai sorridendo e scherzando con me di nuovo. E mi stai chiamando Ry. È meraviglioso.»

La bacio. «Probabilmente sono andato troppo oltre nella direzione opposta, pensando di aver bisogno di dimostrare che sono un tipo serio. Ha funzionato. «Sei mia, tutta mia.» La ribalto sulla schiena e le inchiodo le mani sul materasso. «Preparati ad arrenderti.»

«Di nuovo?» mi chiede, con le pupille che si dilatano. «Cioè, sì, grazie.»

«Ti avevo promesso di andare piano la seconda volta.»

«I tuoi occhi hanno assunto uno scintillio diabolico.»

«Adesso sai che siamo fatti l'uno per l'altra. Questo è il mio stato naturale.» La bacio e la fisso negli occhi. Giuro che ci sono le stelle nei suoi occhi, che scintillano. È amore.

«Sei mio, tutto mio» sussurra Riley.

L'abbraccio, tenendola vicina, sopraffatto dalla profondità dell'emozione che mi sommerge. È il tipo d'amore che fa fare cose ridicole a un uomo per la sua donna, con un enorme sorriso sciocco sul volto perché non si rende conto di quanto appaia sciocco. L'ho visto in altri uomini.

Non vedo l'ora!

EPILOGO

Riley

Sono quasi due mesi che vivo con Jack e ogni giorno m'innamoro di lui un po' di più. È *tutto*. Giocherellone e divertente, anche se si prende cura di me, facendo cose premurose come imburrarmi il toast e prepararmi il tè al mattino. È l'uomo più dolce, più sexy, più meraviglioso che abbia mai incontrato nella mia vita. Sono così contenta che mi abbia perdonato e mi abbia permesso di tornare con lui. Grazie al cielo non serba rancore.

Ha perfino conquistato mia madre, l'ultimo bastione contro di lui. A mio padre stava bene che stessimo insieme appena Sam gli aveva spiegato che era una cosa vera e quanto Jack fosse serio con me. Comunque, quando abbiamo cominciato a vivere insieme, Jack aveva invitato i miei genitori a un pranzo in famiglia a casa dei suoi, dicendo che era ora che le famiglie si conoscessero perché aveva intenzione di restare con me. Penso che a mia madre sia servito vedere Jack circondato dalla sua famiglia che gli vuole bene e che lui ama a sua volta. Mia madre ha visto ciò che io sapevo già, e anche Sam: Jack è una brava persona.

Siamo arrivati al fine settimana del Labor Day, l'ultimo lungo fine settimana d'estate e il primo insieme da un po'.

Spero di passarlo più che altro a letto con il mio sexy e muscoloso partner dal cuore d'oro. Sospiro felice e lo guardo seduto dall'altra parte del tavolino da bistro che siamo riusciti a infilare nella cucina. È sabato mattina tardi e abbiamo appena finito di fare colazione. Ho preparato toast alla francese con bacon e uova. Mi sono trasferita a casa di Jack perché è molto più economica di Manhattan. Da qui il viaggio per arrivare in ufficio non è male. Okay, il motivo vero è che non sopportiamo di stare divisi. Sì, siamo una di quelle inseparabili coppie disgustosamente sdolcinate. Non sono mai stata più felice.

Jack si alza e sparecchia, sciacqua i piatti e li mette nella lavastoviglie. C'è ancora una pila di pentole che spero abbia intenzione di lavare, ma è abituato a lasciarle nel lavandino finché ha esaurito i mezzi per cucinare. È un cuoco decente. Migliore di me, comunque. Io, più che altro, so cucinare la colazione.

«Che cosa vuoi fare oggi?» gli chiedo. «Cioè, dopo aver rassettato la cucina.»

Lui si volta con gli occhi azzurri che scintillano divertiti. «Sei così discreta, pasticcino. Ma...» alza un dito, «... le pentole dovranno aspettare. Ho qualcosa da darti.»

Sorrido felice. «Che cos'è?» Ha sempre delle idee favolose per i regali, così ponderati e in linea con quello che mi piace veramente. C'è stato il mattone inciso che mi aveva preso per il mio compleanno (che Connor aveva modificato per me perché potessi fare un gesto romantico), un organizzatore d'armadio in modo da poterci far stare il mio guardaroba (e reclamarlo quasi tutto), una fotografia di noi due che balliamo a Las Vegas in una sgargiante cornice di Las Vegas. A quanto pare Alison ci aveva fatto una foto sulla pista da ballo quella sera.

Jack tira una sedia accanto alla mia e si siede. Mi sposto per guardarlo in faccia. E lui mi prende entrambe le mani. «Adesso non agitarti» dice.

Mi batte forte il cuore. Mi sto agitando perché mi ha detto di non farlo. Deve trattarsi di un regalo fantasticamente, follemente meraviglioso.

Jack fa un sorrisino sghembo. «Respira, okay?»

Annuisco e faccio un respiro profondo.

«Ho risparmiato e, okay, mi sono anche indebitato, ma quando l'ho vista online mi è sembrata quella giusta. Poi sono andato a vederla di persona e sapevo di doverla prendere per te.»

Sono eccitata. Sta parlando del nostro futuro come se fosse una certezza. Sono preoccupata perché non voglio che si indebiti.

Jack mi appoggia la mano sulla guancia e mi bacia. «Ti ho comprato una casa.»

«Cosa!?»

Lui sorride. «È accanto a un lago a New York. Un posto perfetto per crescere dei figli, un ottimo distretto scolastico.»

Ho il cuore che batte follemente e gli occhi pieni di lacrime. È andato oltre l'anello di fidanzamento per arrivare alla futura famiglia e al futuro insieme che avremo. Penso di essere sotto shock. Non riesco a trovare la voce.

«Beh?» mi chiede. «Vuoi andare a vederla?»

Annuisco, senza riuscire a parlare. Lui mi fa alzare e mi abbraccia.

Sono ancora sotto shock quando siamo in un'auto a noleggio, diretti a una bella cittadina alla periferia di New York. È tutto così romantico. Dovrò verificare i numeri più tardi e assicurarmi di contribuire, in modo che non debba indebitarsi troppo per questa casa, ma, cavolo, mi ha veramente sorpreso. Una casa! Non avrei mai immaginato che questo ragazzo di città avrebbe voluto sistemarsi in una casa accanto a un lago nei sobborghi.

«Quanto dista da Brooklyn?» gli chiedo.

«Circa un'ora e mezza» dice. «Poco più di un'ora in treno da dove lavori. Però ne varrà la pena.»

«È un viaggio lungo da fare tutti i giorni» dico.

«Troveremo una soluzione. E se un giorno saremo troppo stanchi, potremo passare la notte a casa dei miei genitori.»

Sarebbero degli ottimi babysitter per i nostri futuri figli. Vuoi dei bambini, vero?»

Il mio cuore riprende a battere forte. «Sì.» Pensavo che prima mi avrebbe chiesto di sposarlo, ma... beh, sembra che Jack voglia essere pratico e ci abbia pensato a fondo. Spero che la casa che ha scelto mi piaccia. E se non sarà così? Niente, farò del mio meglio. È un grande gesto romantico e l'apprezzerò per quello che è.

E mentre stiamo viaggiando, mi dice: «Sei terribilmente silenziosa».

«Sto solo pensando.»

«Spero di non esser stato troppo presuntuoso.»

«No, è meraviglioso. Davvero.»

Fisso fuori dal finestrino, meravigliandomi mentre arriviamo a una parte di New York che non ho mai visto prima, passando per tortuosi viali alberati con muretti di pietra, superando allevamenti di cavalli e qua a là qualche vecchia casa. Finalmente arriviamo a un lago, circondato da case, cottage a uno o due piani con grandi terrazze che danno sul lago. Probabilmente una volta era un posto di villeggiatura e adesso la gente ci vive in modo permanente. Vedo diverse piccole barche a remi nei vialetti e sulla spiaggia, insieme alle biciclette dei bambini. È così caratteristico e pittoresco. Il sole scintilla sul lago, le foglie verdi degli alberi alti fanno da cornice. Non riesco a credere che vivremo veramente qui. È così bello.

Jack parcheggia nel vialetto di una casa a due piani, rivestita di listelli di legno bianco, su una piccola collina. Mi prende la mano. «È questa.»

«È bella. Scommetto che da lassù il panorama è spettacoloso.» Indico la terrazza al secondo piano.

Mi guida sui gradini di fronte e prende la chiave. «L'arredamento è venuto con la casa. Potrai aggiornarlo se vorrai.»

Ho le lacrime agli occhi, la gola stretta. Non riesco a credere che l'abbia fatto. «Okay.»

Apre la porta e aspetta che entri per prima, poi mi raggiunge. «Wow, è...»

«Sorpresa!» grida un coro di voci mentre la gente esce dai nascondigli.

Sorpresa, mi porto la mano alla bocca, con gli occhi sgranati. Sono le nostre famiglie. Stanno tutti sorridendoci.

Jack mi sussurra all'orecchio: «Sorpresa, è una casa in affitto.»

Lascio cadere la mano e mi volto a guardarlo. «Che cosa sta succedendo?»

Jack sorride. «Ti ho fatto uno scherzo. Ti avevo veramente fatto credere che saremmo vissuti qui in mezzo al nulla.»

Sbatto lentamente le palpebre, con il cuore che batte ancora forte per la sorpresa. Me l'ha fatta. Pensavo che stesse facendo un grande gesto, invece è una specie di festa per il lungo fine settimana. Cerco di sorridere ma non ci riesco. Pensavo...

«Ehi, Riley, che cosa state festeggiando?» mi chiede Sam con un gran sorriso.

Alzo una spalla. «La fine dell'estate?»

«Magari qualcos'altro» dice Sam, inclinando la testa verso Jack.

Mi volto e Jack è su un ginocchio, in mano un anello di fidanzamento con un diamante rotondo al centro. Mi metto nuovamente la mano sulla bocca, coprendo un singhiozzo.

Annuisco, con le lacrime che mi scendono lungo le guance.

Jack sorride. «Lascia che te lo chieda prima.» Mi prende la mano. «Riley Walsh, amore della mia vita, sei la cosa migliore che mi sia mai capitata. La donna perfetta per me. Ti aspettavo da tutta la vita e spero di passare il resto della mia accanto a te. Vuoi farmi l'onore di diventare mia moglie?»

Ho il cuore che rimbomba nelle orecchie, la scarica di adrenalina che ho avuto prima mi fa tremare. Non so se sto per piangere o gridare dalla gioia. Sono così... così... «Sì» riesco a dire.

Jack m'infila l'anello al dito e si alza in piedi, abbracciandomi stretta. Fischi e applausi risuonano tutto intorno a noi. A quel punto piango, con la faccia nascosta contro il petto di Jack.

Lui mi accarezza i capelli. «Ho esagerato? Pensavo che avresti sorriso di più.»

Tiro su col naso. «Sono solo così felice e sorpresa.»

Lui si tira indietro e mi guarda, sorridendomi teneramente e asciugandomi le lacrime dalle guance. «Sai che la mia proposta di matrimonio doveva arrivare con una burla.»

«Tu fai gli scherzi solo alle persone cui vuoi bene.» È quello che ha sempre detto.

I suoi occhi mi guardano con calore, e parla a voce bassa. «Esattamente. E ti dovevo uno scherzo enorme dopo il nostro falso matrimonio e l'incidente di cui non parleremo mai in pubblico, ma questa volta volevo che le nostre famiglie lo condividessero fin dall'inizio.»

Sento dei borbottii, probabilmente sono i suoi fratelli che si chiedono dell'incidente, ma Jack continua, ignorandoli. «Questa è la nostra festa di fidanzamento. Ho affittato la casa, quindi abbiamo tutto il fine settimana. La tua roba è già in valigia nel baule dell'auto.» Aveva prelevato l'auto a casa dei suoi genitori e questo significa che doveva avere programmato tutto in anticipo, ieri mentre ero al lavoro.

«Hai dovuto lavorare parecchio far sembrare tutto spontaneo.»

«Gli scherzi ben progettati sono i migliori.» Mi accarezza i capelli e mi bacia. «Avremo una bellissima vita insieme, Ry, te lo prometto. Ci divertiremo moltissimo. Magari un giorno porteremo i nostri figli a vedere dove ci siamo fidanzati.»

Piango ancora un po' e annuisco. Jack mi tira contro di sé per un altro abbraccio.

«Dateci un minuto» dice alla folla che ci sta guardando. «Le feste di fidanzamento a sorpresa hanno bisogno di un po' di tempo per riprendersi.»

Alzo la testa. «Sto bene. Grazie a tutti per essere venuti.»

«Ho la tua canzone» dice Alison, premendo un pulsante su un telecomando.

Si sente il ritmo incalzante di una canzone popolare nei club e ho un flashback di me e Jack che ballavamo insieme strusciandoci. Mi bruciano le guance. Quello era dopo qualche drink in un club buio, non circondata dalla famiglia.

Jack mi sorride. «Forza, vediamo quelle mosse.» Mi prende la mano e mi fa roteare. Non è proprio il caso che cominciamo a strusciarci davanti a tutti. «Sam, vediamo anche le tue mosse.»

Sam e Alison si uniscono a noi ridendo. Poi si uniscono anche i signori Rourke, con un valzer piuttosto formale e immagino che incoraggi i miei genitori, che si uniscono con il loro valzer.

Mio Dio, i miei genitori che ballano su una musica da club.

Rido e poi ballo, rilassata a felice, circondata dalla gente cui voglio bene mentre l'uomo che amo mi tiene vicina.

Molto tempo dopo, dopo aver gustato una sfilza di piatti deliziosi preparati dal ristorante di Alison e dessert della pasticceria locale, i nostri ospiti se ne vanno pochi per volta, diretti a casa.

Connor si ferma e mi dà un bacio sulla guancia. «Non posso fare a meno di pensare di essere responsabile per quest'occasione.»

Rido. «Mi hai aiutato a riconquistare Jack.»

Lui sorride. «Avrebbe provato lui a riconquistarti se non l'avessi fatto tu. Jack è patetico tanto è innamorato di te.»

«Ehi!» protesta Jack. «Eravamo entrambi patetici» aggiunge ammiccando.

Connor sorride. «Congratulazioni, di nuovo.» Stringe la mano a Jack e gli dà una pacca sulla spalla prima di voltarsi per andarsene.

«Auguri per il tuo corso al college.»

Connor alza una mano. «Grazie. Ne avrò bisogno.»

Ahh, è nervoso, teme di non riuscire a cavarsela al college dopo essere rimasto lontano dalla scuola così a lungo. Io penso che sia grandioso. Sta facendo un corso di economia perché vuole imparare di più, per poter svolgere un ruolo più importante nell'impresa della sua famiglia. Dovrebbe diventare presto il braccio destro di Dylan.

Quando la porta si chiude dietro a Connor, mi rivolgo a Jack. «Allora, domani andremo a pescare sul lago. Che cosa avevi in mente per stasera?»

Lui mi rivolge un'occhiata lasciva. «Hai bisogno di chiederlo?» I suoi occhi scintillano quando si lancia verso di me. Squittisco e corro verso la camera al piano di sopra, che è dove vogliamo entrambi passare il resto della notte.

Proprio quando raggiungo la stanza, Jack mi afferra da dietro, strofina il volto sul mio collo con la barba che gratta, facendomi rabbrividire. «Dammi un minuto, okay?» gli chiedo, senza fiato.

«C'è in ballo della lingerie? Perché ho messo in valigia tutta la tua roba buona.»

«Forse.»

Lui mi lascia andare, dandomi un colpetto sul sedere mentre vado a prendere la mia valigia. La apro e trovo sia le mie mutandine sexy sia quelle pratiche. Sembra che abbia preferito far decidere a me che cosa mi sentivo di indossare. Porto il trolley in bagno con me, così gli farò una sorpresa.

Lui è sdraiato sul letto con i boxer neri di maglia. Mi prendo un momento per ammirare il suo torace ampio e i muscoli scolpiti che so derivare in parte dal suo lavoro e in parte dai suoi allenamenti mattutini. I capelli scuri sono in disordine in quel suo modo sexy, le labbra accennano un sorriso. «Hai esattamente tre, no, due secondi per salire su questo letto.»

«Oppure?»

Lui fa un sorriso diabolico. «Mi butto io.» Vado lentamente verso di lui, che mi afferra e mi solleva sopra di lui. «Così sfacciata.»

«Nessuno mi aveva mai chiamato sfacciata.»

«Mi piacciono questi fiocchetti» dice, giocherellando pigramente con uno di quelli. «Fidanzata sexy. Finalmente potremo compiere il nostro destino come marito e moglie.»

Sento gli occhi che scottano. A volte succede, quando Jack diventa serio, così espressivo e sincero. Mi bacia teneramente e mi fa rotolare sotto di lui.

Gli accarezzo la dura superficie muscolosa della schiena. Il bacio s'intensifica, una gamba scivola tra le mie esercitando la più deliziosa delle pressioni. I miei fianchi ondulano contro di lui. Gli faccio capire con un gemito che voglio di più.

Jack si sposta lungo il mio corpo, chiude i denti sopra il

fiocchetto su un fianco e lo scioglie. Sto tremando. Quest'uomo conosce il mio corpo e mi porta alle vette dell'estasi, a volte lungo una strada lenta e tortuosa e a volte con una cavalcata mozzafiato che mi travolge. Non so mai che cosa riceverò. E lui non accetta istruzioni. Mi piace che prenda il controllo, più di quanto abbia mai pensato.

Mi bacia lungo un fianco e poi lascia una scia bollente di baci fino all'altro dove scioglie anche l'altro fiocco con i denti. Mi strappa via le mutandine. «Queste potrebbero essere più divertenti di quelle pratiche.»

«Lieta che ti... oh, Jack!» La mia voce arriva a una nota acuta quando mi bacia fermamente tra le gambe e poi succhia. Addolcisce il tocco mentre si mette le mie gambe sulle spalle muscolose. Mi manca il fiato, gli passo una mano tra i capelli e i nostri occhi si incontrano per un momento carico di elettricità. Nei suoi c'è una scintilla diabolica che mi fa afferrare i suoi capelli, ansiosa. Quella scintilla potrebbe significare una cavalcata lenta o veloce. Entrambe mi travolgono; lui mi travolge sempre, nel più stupendo dei modi.

Poi si tuffa, famelico, e sono perduta, con i fianchi che si alzano al ritmo che impone lui, una veloce caduta nell'oblio. Sto respirando forte, la pressione dentro di me cresce. Le dita di Jack si uniscono all'azione e mi accarezzano da dentro. Lascio andare i suoi capelli e apro le braccia, con la testa arcuata all'indietro. E poi cado, travolta da un'ondata di piacere che spinge il mio corpo contro di lui. Jack rallenta, facendomi tornare lentamente alla realtà finché mi affloscio.

Jack si sposta e io sorrido tra me e me. Che uomo meraviglioso. Prende un preservativo e torna da me, sistemandosi tra le mie gambe e penetrandomi lentamente.

E poi è una cavalcata lenta e dolce, mentre mi fissa negli occhi. L'emozione mi chiude la gola, qualcosa è cambiato ancora. Stiamo per cominciare il nostro futuro insieme. I suoi occhi brillano per l'amore e sono sicura che sia lo stesso per i miei.

«Jack.» Una parola detta con tanto amore.

«Ry.»

Jack aumenta il passo, continuando a guardarmi negli

occhi e mi porta un'altra volta all'estasi. Mi raggiunge un momento dopo, appoggiandosi a me. Lo tengo stretto, chiudendo gli occhi, persa nella luce del vero amore. Non ho mai amato un altro uomo come amo lui. È una cosa potente. Non sapevo di poter provare qualcosa di così profondo. Glielo dico appena riprendo la capacità di parlare.

Mi accarezza i capelli, fissandomi negli occhi. «Ti amo così fottutamente tanto» dice burberamente.

Io sorrido, sonnolenta. «Amore.»

Lui ridacchia. «Ti ho esaurita, vero? Sei così buffa.»

Sento il bisogno di una rivincita. Mi ha esaurito, emotivamente parlando, con la festa di fidanzamento a sorpresa e poi fisicamente la nostra prima notte come coppia di fidanzati. Dev'esserci qualcosa che posso fare. Ho il cervello in pappa.

Mi bacia la guancia. «Torno subito.» Va nel bagno in corridoio.

Qualche minuto dopo torna, rivolgendomi un sorriso strafottente. «Ti sei ripresa abbastanza da riuscire a parlare, adesso?»

Mi scosto i capelli sudati dalla faccia. «Prima di tutta l'eccitazione di oggi, stavo cercando di trovare il coraggio per dirti una cosa.»

Lui smette di sorridere mentre torna a letto, voltandosi su un fianco e appoggiandosi al gomito. «Dimmi.»

Mi metto anch'io su un fianco, gli prendo la mano e la premo sulla mia pancia. «Sono incinta.»

Lui mi placca, inchiodandomi le mani sul materasso. «Bel tentativo! Ma niente da fare. Prima di tutto, il tuo scherzo è assolutamente fuori tempo. Non puoi fare uno scherzo immediatamente dopo quello di un altro. Troppo ovvio. Secondo, non ho mai dimenticato il preservativo, eccetto la primissima volta, ma non conta, perché è stata solo una spinta.» Sorride quando mi metto a ridere. «Un fatto per cui ti sei complimentata con me.»

Cerco di mantenermi seria. «Forse un preservativo ha fatto cilecca.»

Jack mi mordicchia il labbro. «Sei una pessima bugiarda. Dovrai lavorarci un po' di più se vorrai farmi uno scherzo.»

Gli sorrido. «Penserò a qualcosa.»

Lui mi strofina la barba sul collo. «Pensaci.» Lascia una scia di baci fino all'orecchio. «Un giorno resterai incinta però, giusto? Quando sarai pronta.»

«Tu sei pronto?»

«Dopo il matrimonio, ma sì. Ti amo, voglio tutto con te.»

Ho le lacrime agli occhi, non riesco a evitarle.

Gli occhi di Jack si addolciscono. «Oh, Ry.» Rotola sulla schiena e mi tira sopra di lui, accarezzandomi i capelli. «Non avevo idea che fossi così sentimentale. È la terza volta oggi che ti vengono le lacrime agli occhi per qualcosa che ho detto.»

Tiro su col naso e alzo la testa. «Puoi biasimarmi? L'uomo più meraviglioso al mondo mi ha chiesto di sposarlo e mi ha detto che non vede l'ora di avere dei bambini con me. Ho il cuore che scoppia, le mie ovaie stanno ballando e le lacrime scorrono!»

Jack scoppia in una risata. «Non sapevo di poter far danzare le tue ovaie. È un nuovo record come amante per me.»

Rido anch'io. «Stanno ballando il cha-cha-cha.»

Mi bacia e mi tiene stretta. Sospiro, sciogliendomi nel suo abbraccio, circondata dall'amore.

Non perdetevi il prossimo libro della serie *Rogue Angel - Connor*, nel quale Connor si lascia coinvolgere in un amore proibito.

Rogue Angel - Connor
  Rebecca
Quell'avventura di una notte con il Costruttore Sexy non era nei miei piani.

Una cosa completamente al di fuori delle mie abitudini ma, in un momento di debolezza, ero stata attirata dai suoi penetranti occhi azzurri, il suo sorriso affascinante, i suoi muscoli spettacolosi *dappertutto*.

È stato un errore.

Solo che il giorno dopo lui mi chiede il mio numero e io comincio a pensare che questa cosa potrebbe avere un potenziale. Magari non è stato un errore.

E poi lo rivedo nel posto peggiore possibile e mi rendo conto che non potrà mai funzionare. Ci sono delle regole, per un buon motivo, e non oso oltrepassare quella linea.

Connor Rourke è off limits.

Ma non so per quanto tempo riuscirò a resistere alla tentazione.

Iscrivetevi alla mia newsletter per non perdervi le nuove uscite: Kyliegilmore.com/ITnewsletter

ALTRI LIBRI DI KYLIE GILMORE

I Rourke - Versione italiana

Royal Catch - Gabriel (Libro No. 1)

Royal Hottie - Phillip (Libro No. 2)

Royal Darling - Emma (Libro No. 3)

Royal Charmer - Lucas (Libro No. 4)

Royal Player - Oscar (Libro No. 5)

Royal Shark - Adrian (Libro No. 6)

Rogue Prince - Dylan (Libro No. 7)

Rogue Gentleman - Sean (Libro No. 8)

Rogue Rascal - Jack (Libro No. 9)

Rogue Angel - Connor (Libro No. 10)

Rogue Devil - Brendan (Libro No. 11)

Rogue Beast - Garrett (Libro No. 12)

L'AUTRICE

Kylie Gilmore è l'autrice Bestseller di USA Today delle serie: I Rourke; The happy endings Book Club; The Clover Park e The Clover Park STUDS. Scrive romanzi rosa umoristici che vi faranno ridere, piangere e allungare le mani per prendere un bel bicchiere d'acqua.

Kylie vive a New York con la sua famiglia, due gatti e un cane picchiatello. Quando non sta scrivendo, tenendo a bada i figli o prendendo debitamente appunti alle conferenze per gli scrittori, potete trovarla a flettere i muscoli per arrivare fino all'armadietto in alto, dove c'è la sua scorta segreta di cioccolato.

Iscrivetevi alla newsletter di Kylie per avere notizie sulle nuove uscite e sulle vendite speciali: kyliegilmore.com/IT-newsletter. Controllate il sito web di Kylie per trovare altra roba divertente: kyliegilmore.com.

9 781646 580453